DARK CIRCLE

Δ

2
VITTORIA

Δ

ALEX TREMM

Δ

Éditions **LouD**

▲

Δ

TRILOGIE
DARK CIRCLE

Δ

2
VITTORIA

Δ

Par
ALEX TREMM

Δ

Δ

Éditions LOUD

▲

Δ

REMERCIEMENTS
**Du fond du cœur,
je tiens encore à remercier
Dave et Andra, mes supers fans,
devenus de bons amis fidèles,
qui m'ont tant aidé à percer
chez moi, au Québec.
MERCI !!!**

Δ

**Je tiens encore à remercier mes lecteurs
Qui me poussent à continuer d'écrire.
Merci à vous tous de croire en moi !
Sans vous, je n'existerais pas !!!**

Δ

Je ne peux passer sous silence mes
prélecteurs.

(Surtout France et Chantal, du Québec,

Et Florence, de France)

Vous aidez plus que vous ne le croyez.

Gros merci à vous tous, les amis !

▲

Δ

DU MÊME AUTEUR
(En versions imprimées)

Δ

Trilogie Dark Circle
1- DIAVOLO
2-VITTORIA
3- SANGU !

Δ

Saga Lilith – Format standard
LE BAISER DU FEU
LA MARQUE DU DIABLE
VENDETTA
LE MAÎTRE DE L'ESPRIT
COUP DE FOUDRE
LA FILLE DE SATAN
CAUCHEMARS
RAGE
GRAND VIDE
LILITHOSAURES
LOKI
LE MONDE SELON L'LIK

Δ

△

Saga Lilith – Format Menhir
TRILOGIE LILITH
TRILOGIE DAMIAN
TRILOGIE DRAGONS
TRILOGIE DISTORSION

△

Série télé Lilith
51 TOMES

△

Série Meganiya
MEGANIYA
KILLER QUEEN

△

Pour enfants 8-12 ans :
Séries Tommy et Léna
LÉNA
TOMMY
TOMMY 007
INDIANA TOMMY
TYPHON TOMMY
SUPER TOMMY

▲

△

HISTORIQUE DE DARK CIRCLE

Bonjour, ami lecteur.

On me pose souvent cette question :

Comment vous est venue l'idée du concept de cette folle série réunissant mafia et fantômes ?

Celle-ci est vraiment spéciale…

Très jeune, je demeurais dans un quartier italien de Montréal. Chez un de mes amis, un vieil homme nous racontait souvent des histoires plus noires les unes que les autres de ses faits passés. L'une d'elles m'avait vraiment accrochée : celle des belles Principessa aux yeux si bleus !

Ces femmes, dont l'origine de la légende remontait à la nuit des temps, étaient censées mener le monde interlope mafieux en sourdine tout en demeurant le secret le mieux gardé de la Cosa Nostra sicilienne : l'Omertà ultime, qu'il a brisée avec nous. Il racontait qu'il en avait entrevu une avec Al Capone dans sa jeunesse et elle lui était apparue aussi mystérieuse et belle qu'une envoûtante Déesse romaine. (Ce sont ses propres mots…)

Alors, lorsque j'ai repris la plume voilà 7-8 ans, je me demandais si j'allais écrire cette histoire ou celle de Lilith, qui venait de m'exploser en tête. Ne me croyant pas encore prêt à adapter ce mythe, s'il en est un, à notre époque, et sachant bien que j'avais encore énormément d'expérience de plume à acquérir pour bien la rendre à ce moment, j'ai donc choisi Lilith dont j'avais déjà fait le plan.

Et pour tout vous avouer, c'est ce dernier point qui m'a vraiment décidé en fin de compte !

Mais aujourd'hui, il est temps que vous aussi connaissiez cette légende.

C'est elle qui est derrière l'inspiration de "Dark Circle" :

=> La suite d'un récit rocambolesque raconté par un vieux Parrain en fin de vie !

(Ou qui a été victime d'une sinistre malédiction transmise par-delà des siècles, car il est décédé quelques jours plus tard ?)

▲

△
CHAPITRES

Δ

NOTE DE L'AUTEUR :

Une « Liste des personnages »
et les « Épisodes précédents »
vous attendent à la fin.

Δ

Note importante :
Aucun hamster ou chien-fantôme n'a été
blessé durant l'écriture de ce tome.
Ce ne sont que des effets spéciaux…

▲

△

PROLOGUE

21 JUIN 2017

Theresa

À une table au fond du bar « Bad buddies », Theresa Rossini grogne fortement en serrant les poings. Elle lorgne le téléphone de son amant et bras droit, Sargent, pour la quatrième fois depuis deux minutes.

— Pourquoi diable mon crétin de frère ne m'a-t-il pas encore contactée ? Ils auraient dû avoir réglé le cas de Polo et de la fille à dix millions depuis longtemps avec trois voitures comme les leurs !

— Pourtant, ton frérot était monté avec Mikael Tymko, en plus… C'est, et de loin, le meilleur tireur de notre groupe… et il était juste derrière eux avant que tu détruises ton ordinateur. Bordel, tu sais bien que ces petits trucs sont fragiles et qu'il ne faut pas les tabasser à coups de poing !

— Ta gueule ! J'étais seulement un peu trop fâchée qu'ils se soient échappés de l'entrepôt… Mais j'y pense, as-tu du réseau pour ton téléphone ?

Nouveau grognement alors qu'il répond par l'affirmative.

Un des hommes en face d'eux leur présente l'écran de son propre appareil.

— Mon frère, qui était aussi à leurs trousses, ne répond pas lui non plus !

Theresa cogne violemment son poing sur la table, attirant l'attention de tous les clients du bar durant une seconde avant qu'ils se détournent rapidement en réalisant qui a causé ce tapage.

— J'ai encore un autre mauvais pressentiment... Très mauvais, même !

Le téléphone de Sargent sonne. Il écoute un moment avant de le passer à sa bouillante conjointe.

— Norrilko, ici... Le petit génie des ordinateurs avec nous a trouvé la fille à dix millions dans le vieux quartier industriel et nous trois sommes presque sur place pour la liquider avec de l'artillerie lourde !

— As-tu entendu parler de mon frère Romano ? Il la poursuivait dans les rues de ce quartier alors qu'elle était à moto et nous n'avons plus de nouvelles de lui, depuis.

— Ma radio a annoncé qu'il y a eu plusieurs accidents de circulation dans notre secteur au cours des dernières minutes, dont justement un de ceux-ci où il y avait une moto qui y était impliquée. Désolé, je n'en sais pas plus… As-tu vérifié les hôpitaux ? Je dois te laisser, nous arrivons !

Nouveau grognement alors qu'elle coupe la communication.

— J'adore tellement les ripoux… Mais si Rom' a osé esquinter ma belle Ferrari, je vais le buter moi-même ! rage-t-elle à forte voix avant de se tourner vers le propriétaire du commerce. C'est pour cette année ou non, ton courrier avec mon autre ordinateur ?

Δ

Δ

Maria

Un bruit infernal provenant de l'avant et qui défonce presque mes tympans envahit la salle du QG du groupe Pirate NuT4U où je me suis réfugiée.

Pas encore des mecs qui veulent ma peau ?

Tous ceux dans la pièce disparaissent les uns après les autres par une porte à l'arrière.

Mais pas moi, parce que j'ai quelque chose de plus important en tête si je tiens à demeurer vivante : je dois absolument reprendre en main mes pistolets !

Et sans attendre, je me lance vers le sac de Serena où je m'empare d'une de mes armes, la chromée que j'aime tant, passant le sac en bandoulière tout en me précipitant vers la porte ouverte au moment où l'autre, celle par laquelle nous sommes arrivés, se fait défoncer.

— La môme est là ! hurle un homme dans mon dos.

Dès lors, je sais pertinemment que je

vais manquer de temps pour atteindre la sortie arrière et je me cache aussitôt derrière une colonne au moment où une kyrielle de coups de feu provenant de plusieurs armes automatiques m'assourdit de nouveau. Les détonations cessent abruptement.

Ma mère-fantôme, presque en panique, m'indique frénétiquement la porte ouverte.

— Ces idiots rechargent tous les trois en même temps, Leonessa. Profites-en pour fuir !

Je me lance de toutes mes forces vers mon salut et à l'instant où je suis à l'abri, je liquide l'un d'eux. Malheureusement pour moi, les deux autres se précipitent d'urgence à l'abri de colonnes.

Derrière eux, ma grand-mère agite le bras vers le sol.

— Tire vite là-dessus si tu veux t'en sortir !!!

Une seconde plus tard, au milieu de balles qui sifflent de nouveau à mes oreilles, je m'accroupis et un point rouge illumine l'étiquette d'une des bonbonnes de propane qui explose instantanément dans un boucan de fin du monde s'amplifiant sans cesse.

Le souffle brûlant de l'explosion du gaz referme brusquement la porte sur mon épaule en l'arrachant de ses gonds avec une partie du mur, ce qui me précipite en bas d'un demi-escalier où je tarde à reprendre mes sens

Je lève les yeux vers la pièce d'où sortent de violentes flammes qui se propagent partout autour de moi alors que je suis coincée sous la porte recouverte d'une pile de gravats.

Non, c'est pas vrai...

Je vais mourir brûlée ?

Tout, mais pas ça !!!

Désespérée, je tente encore de soulever la porte, mais réalise vite que de lourds trucs par-dessus m'en empêchent alors que les flammes se rapprochent tellement que je peux à présent sentir leur chaleur comme si un venin mortel s'apprêtait à me consumer.

Ce doit être un aperçu des flammes de l'Enfer qui m'attendent pour avoir tué tant de mecs !

— Nonnnn ! Je ne veux pas crever ainsi !!!

Sans attendre une seule seconde, je tente par tous les moyens de déplacer le long morceau de bois retenant la porte au sol, écrasant tant mon petit corps que je peine à respirer.

En vain.

Là, c'est sûr que je vais crever !!!

Δ

TRILOGIE DARK CIRCLE

△
-1-

DIGNE DE LA CIA

21 JUIN 2017

Maria

Les fantômes de ma mère et ma grand-mère allongent toutes deux les bras vers un long truc en bois sur la porte.

— Ce longeron est coincé par ce morceau de mur qui le retient sur la porte ! Tu dois absolument le déplacer si tu veux t'en sortir !

▲

Alfred pédale comme un débile mental dans sa roulette.

▲

J'essaie de me calmer, enfin un peu, et comprends vite le problème dès que je m'allonge le cou pour voir par-dessus la mince poutre et au travers des damnés poils de ma perruque qui s'est déplacée devant mon visage. Aussitôt, j'utilise toutes mes forces pour pousser de mon seul bras libre sur le bloc de béton d'une trentaine de centimètres. À ma grande surprise, il glisse aisément sur le bois peint de la porte et tombe bruyamment dans les escaliers.

— Le morceau de bois, à présent, ma fille ! Ne soulève que le côté droit et tire dessus vers la gauche parce qu'elle est coincée dans la rampe de l'autre mur.

J'obéis immédiatement, mais les forces me manquent en peu de temps. Au deuxième essai, avec une prise différente, elle commence à bouger, ce qui me donne un sursaut d'énergie, et dès qu'elle se déplace assez, j'extrais vite mon douloureux torse de sous son étau et m'attèle de nouveau à soulever cette maudite porte pour mes jambes qui y sont encore coincées alors que l'incendie se rapproche dangereusement.

Je n'ai pas le choix…

Si je ne sors pas d'ici dans quelques secondes, je suis cuite à tous les sens du mot !

À bout de forces, mais avec deux mains libres à présent, je puise dans mes dernières étincelles d'énergie pour me mouvoir comme un serpent en m'aidant de mes deux bras et mes jambes se libèrent enfin de la foutue porte dont l'extrémité est recouverte de nombreux petits morceaux de béton.

Je tente de respirer, bien que ce soit ardu, car la fumée m'entourant est déjà dense et me pique les yeux.

Il faut que je m'éloigne d'ici tout de suite !

J'insère prestement dans le sac mon arme poussiéreuse qui était tout près et je dévale l'escalier en évitant les nombreux morceaux de mur.

Dès que je traverse la porte de l'immeuble, je peux enfin respirer à mon aise, même si je suis un peu étourdie avec les mains sur mes genoux, mais je dois reculer d'un pas en panique parce qu'une vieille fourgonnette avec Paul au volant passe en trombe juste devant mon nez en me happant presque au passage.

▲

Hors de contrôle, Alfred tombe en bas de sa roulette alors que mes épaules baissent presque jusqu'au sol.

▲

Ils sont partis sans moi...

21

Je l'ai bien mérité après ce que je leur ai fait...

On n'échappe jamais à son karma !

Contre toute attente, la fourgonnette freine en faisant crisser ses pneus pour revenir sur ses pas à toute vitesse en marche arrière alors que je replace un peu ma foutue perruque à la con qui est coincée quelque part. Le véhicule s'arrête à ma hauteur et Serena allonge le bras par sa fenêtre ouverte.

— Merci pour le sac !

Et comme une connasse, je demeure là, sans bouger, trop abasourdie par cette froide demande pour réagir de quelque façon que ce soit.

▲

Comme Alfred, qui semble figé dans le temps.

▲

Paul fait un grand mouvement du bras.

— Faut pas rester ici ! Monte... On va te laisser un peu plus loin !

J'ouvre la portière de côté devant des visages à l'arrière qui ne sont vraiment pas heureux de me voir et dès que je m'assois sur la petite banquette brinquebalante au milieu du véhicule, Serena allonge de nouveau le bras alors que nous accélérons brusquement.

— Le sac !

Sous son regard noir, j'en extrais mes pistolets que j'insère machinalement dans mon dos, sous mon manteau, l'un m'arrachant un petit frisson tant il est froid tandis que c'est l'inverse pour le canon chromé qui me brûle à nouveau les fesses, et je lui remets son bien qu'elle colle contre sa poitrine après inspection de son contenu en me remerciant à voix basse avec des yeux près des larmes.

Ce doit vraiment être important pour elle ce qu'il y a dans ces mémoires...

Paul, qui semble en furie, se tourne vers moi.

— Mais que s'est-il passé là-dedans, Maria ?

▲

Mon hamster remonte en vitesse dans sa roulette qui s'emballe.

▲

Que vais-je bien leur dire ?

Je sais…

— Je les ai vus me lancer une grenade un instant avant que je referme la porte… qui m'a explosée à la figure !

Quelques lourds soupirs m'annoncent que je n'ai pas convaincu tous les passagers.

— Réalises-tu que nous avons perdu tout notre équipement et notre nouveau serveur à cause de toi ??? hurle QuarX, dans mon dos.

Vrai que c'est plutôt dur à prendre…

Cette fois, NuT4U est bel et bien mort !

Ce n'était pas de cette façon que je voulais la peau de cette bande de pirates, mais enfin…

Paul se tourne vers sa sœur qui acquiesce de la tête.

— Terminus, Maria ! dit Paul qui freine fortement.

La tête basse, j'ouvre la portière en jetant un œil derrière, vers QuarX.

— Je sais que c'est toi qui as créé le

24

système de défense de NuT4U, sinon, tu ne m'aurais pas vue par ma caméra... Et je peux te dire que tu es vraiment la top des tops parce que cinq niveaux de protection entrelacés, c'est tout de même du grand art... Digne de la CIA !

En guise de remerciement, elle me fait simplement signe de la main de sortir avant de refermer d'un geste brusque, presque sur une de mes jambes.

— Adieu, DIAv0L0 !

▲

TRILOGIE DARK CIRCLE

△

-2-

SEULE AU MONDE

Maria

L'instant suivant, la vieille fourgonnette disparaît en empruntant le prochain carrefour.

Bon, me voilà seule au monde…

Et sans le sou !

Je baisse la tête où je rabats le capuchon, maudissant le fait que je n'ai plus de verres fumés et que ma perruque est tellement déplacée qu'elle m'arrache presque mes vrais cheveux. Je ne cours aucun risque et cache mes yeux avec quelques mèches blondes éparses.

J'ai besoin de faire le point…

Surtout de m'asseoir pour me reposer un peu après ce petit moment beaucoup trop mouvementé à mon goût.

Malheureusement, Paul m'a laissée en plan sur une artère commerciale fort achalandée, qui semble être à Manhattan au vu du standing de luxe de certaines boutiques de vêtements, et il n'y a aucun endroit pour y poser mes fesses. J'avance donc avec la tête basse dans la foule en compagnie de mes ancêtres et nous sommes vite rejoints par mon toutou-fantôme qui me fait rire en dégageant un peu de fumée. Sans même y penser, je m'imagine encore un os dégoulinant de sang dans ma main que je lui donne.

▲

Ce qui fait carrément vomir Alfred, cette fois, car il a sa tête dans un dé à coudre entre ses pattes.

▲

L'image des trois hommes qui me tiraient dessus dans la pièce me revient en mémoire.

J'ai encore tué...

Trois fois !

Je les ai même calcinés, cette fois...

Ça n'aura jamais de fin, ou quoi ?

Sans faire exprès, j'emprunte la même direction vers laquelle a disparu la fourgonnette de Paul... que j'aperçois garée une dizaine de véhicules plus loin avant qu'elle migre avec le flot de circulation.

Il a sûrement laissé un des membres ici...

Et le visage de Serena apparaît à une fenêtre qu'elle ouvre à l'étage.

Je sais où tu demeures, à présent.

Mais je n'y prête pas plus d'attention, car j'ai l'âme en peine d'avoir encore été réduite à tuer des gens.

Δ

Δ

Theresa

Theresa Rossini peine à refluer ses larmes devant son écran depuis que son courrier à vélo est revenu avec son appareil de secours, car une caméra à un feu de circulation lui montre des pompiers qui s'affairent autour d'un bolide ressemblant à une boule de ferraille fumante sous un camion, endroit exact où sa balise de location est située.

— Ma Ferrari… Rom'… Je t'aimais bien, mon frère… Mais tu as démoli ma si belle Ferrari, espèce d'enfoiré de merde !

L'un des hommes devant elle, qui étudie aussi des images sur un portable ouvert arrivé en même temps que celui de Theresa, ne peut retenir un juron.

— Fuck… C'est la bagnole de mon frangin qui est renversée dans les travaux, là ? J'espère qu'il n'est pas blessé…

— Et Raminucci ? Il a aussi un bolide d'enfer et il était avec eux, non ? râle Theresa, furieuse.

— Je l'ai vu passer comme un dingue

au feu rouge de l'intersection précédente avec mon frérot aux fesses, mais il n'est pas arrivé à la suivante…

Nouveau poing sur la table de Theresa qui fait sursauter tous ceux à sa table.

— C'est la faute à cette petite salope si mes frères sont morts… Je vais m'en occuper moi-même à partir de maintenant !

— Si le sergent Gnocchi ne l'a pas déjà liquidée… ose ajouter Sargent qui recule dans sa chaise après avoir réalisé qu'il a dit un mot de trop.

Elle grogne en serrant tant les poings que ses phalanges en blanchissent.

— Appelle-le tout de suite ! Je veux absolument savoir ce qu'il en est… Parce que là, c'est rendu personnel entre elle et moi !

L'appareil tremble à l'oreille du colosse.

— Il ne répond pas… Se serait-il fait descendre, lui aussi ?

Cette fois, c'est un cri de rage qu'elle lâche avant de s'attaquer à son portable qui reçoit à nouveau un furieux coup de poing

31

en plein écran... pour s'éteindre avec une large étoile en son centre vis-à-vis sa bague de fiançailles.

— Oh non... Pas encore !

▲

△

-3-

DARK CIRCLE

Maria

Un peu plus loin, un petit escalier fortement en retrait devant un bâtiment en rénovation me sert de banc. Mes ancêtres prennent place de chaque côté de mes fesses alors que le chien se couche à mes pieds pour ronger son os.

— Comment est-ce que je pourrais mettre fin à cette folie de contrat sur moi ? Ça ne peut plus continuer ainsi… Je suis à bout !

— Tu dois prendre la commande du Dark Circle ! lâche ma grand-mère sur un ton autoritaire au possible, ce qui me surprend un peu.

— Qu'est-ce que le Dark Circle ?

— C'est le regroupement des huit organisations criminelles les plus puissantes d'Amérique, ma fille !

▲

Tout à coup, Alfred ne sait pas plus

que moi de quel côté aller.

▲

Je ne peux réprimer un ricanement.

Est-ce que ma grand-mère aurait un soudain accès de folie ?

Ou si elle a tout simplement oublié un tout petit détail ?

— Et comment diable vais-je faire ça si leur priorité principale est de me tuer ???

Contre toute attente, ma grand-mère éclate de rire.

— Tu es l'héritière Barzetti, voyons… Tu as donc un siège au Conseil.

Alors, mon oncle-père était un des plus puissants criminels du pays ?

Et ce sera bientôt moi ???

C'est de la pure folie…

Ma mère-fantôme tente de capter mon attention alors que mon souffle devient de plus en plus court.

— C'est ce Conseil restreint qui décide de tout : territoires, activités, classification des familles secondaires, protections, contrats…

— Et toi, en plus, tu peux y assister

directement en tant que Principessa ! ajoute ma grand-mère en élevant de nouveau la voix.

— Je ne comprends pas... S'ils ont mis ma tête à prix, c'est certain qu'ils vont me tuer dès qu'ils me verront. Ils vont s'en foutre que je sois une Principessa ou une Barzetti !

— Pas s'ils connaissent ton titre !

— Tous les membres de la Cosa Nostra te doivent une fidélité inconditionnelle, ma fille.

Ah oui ?

Bon à savoir !

— Dès que tu auras le bracelet sur ton bras... Parce qu'ils ne sont pas obligés de t'obéir, avant cela !

Oh... Léger détail qui a son importance !

Surtout si je veux demeurer en vie encore une dizaine de minutes !

— Et où est ce bracelet ?

— Je me doute que ton père l'a récupéré après mon accident d'avion. Je n'en sais pas plus...

Le soupir de ma grand-mère m'indique la même réponse de sa part.

Bref, je ne suis pas plus avancée qu'avant !

— Bracelet ou pas, ils vont être obligés de t'accepter à leur table en leur disant ton vrai nom.

— Tu ne prendras peut-être pas le commandement du groupe, ma fille, mais tu pourras faire enlever le contrat pesant sur toi en brisant l'unanimité.

▲

Alfred grogne dans sa roulette.

▲

— C'est trop simple… Et s'ils ne veulent pas ? Ils ont déjà descendu mon père biologique, je vous ferai remarquer !

— Ça, c'est vraiment un mystère, je dois avouer… Ils n'ont pas le droit de s'entretuer les uns les autres à cette table !

— Et en raison de ce sacrilège, tu les tueras tous ! tonne ma grand-mère avec un visage enlaidi par une rage mal contrôlée.

Les bras de ma mère-fantôme fouettent l'air à mon côté.

— Voyons, Mère… Ce sont presque tous des alliés de notre famille ! Il n'y a que les Rossini, et peut-être aussi les Jenkins qui pourraient être nos ennemis.

— Surtout qu'ils sont supportés par les Tymko et les Olanov ! Et sans parler du fait qu'eux, en plus, vont se foutre qu'elle soit Principessa ou non, car ils ne font pas partie de la Cosa Nostra !

▲

Alfred est essoufflé devant cette montagne d'informations et j'enfouis mon visage dans mes mains.

▲

— Je vais avoir besoin d'un sérieux cours de réseautage si je veux en faire partie moi aussi…

Ma grand-mère se lève en arborant un air solennel.

— Alors, aux dernières nouvelles, il y avait à la tête le clan le plus riche, les Barzetti, ton clan, ta Famiglia, qui gère presque tout ce qui est immobilier relié au Dark Circle. Donc, ta famille s'occupe surtout de gros projets, d'achat ou vente d'industries, et des prêts hypothécaires de toutes les sortes. Le plus important avantage de ta famille est qu'il n'a aucun territoire défini… C'est un énorme bonus à plusieurs points de vue ! Le clan le plus puissant après le tien est celui de Faustino Gaminosi, qui s'occupe en exclusivité de presque toutes les activités criminelles de la côte est, hormis la prostitution et les armes dont c'est l'apanage des Russes du groupe Tymko dans presque tout l'est du pays. Le territoire de Faustino est gigantesque, car il s'étend de New York à la Georgie en englobant tout ce qui est derrière ces côtes sur plus de cinq cents kilomètres à l'intérieur des terres. Ensuite, il y a les rapaces sanguinaires du clan…

À partir de ce moment, j'écoute d'une oreille distraite ce qu'elle dit, ne voulant pas vraiment connaître les sombres détails de la suite. D'un autre côté, je n'ai pas le choix si je désire prendre des décisions éclairées et je me ressaisis pour analyser religieusement tout ce qu'elle raconte durant dix bonnes minutes, certaines parties m'ayant causé une forte nausée, surtout celles ayant rapport au milieu de la drogue près du Mexique et de la Californie, milieu qui est foutrement dur… sur tous les points.

Mais celles qui m'ont le plus dégoûtée sont principalement liées au trafic d'humains.

D'humaines, pour être plus exacte !

Ma grand-mère a même dû s'arrêter à un certain moment, mon grognement l'ayant rendue confuse.

— Et voilà, ce sont les grandes lignes de ce qu'est le Dark Circle. Ce bref résumé devrait te donner les bases avec lesquelles tu pourras jouer si tu veux te mêler à eux, termine-t-elle après son long discours.

Un point m'a réellement surpris.

Personne ne s'occupe de trucs vraiment payants reliés à internet ? Bizarre…

Pourtant, l'argent qu'il y a à faire dans ce domaine est faramineux !

Près de la démence, même…

Ça coule à flots partout !

Je remercie ma grand-mère pour son exposé sur ma probable future vie et elle exécute une révérence comme au théâtre avant de se rasseoir à mon côté, mais j'ai d'autres préoccupations plus urgentes en tête.

— Vous ne m'avez pas encore dit comment je vais pouvoir me rendre à ce fameux Conseil du Dark Circle... Il sera sûrement hyper protégé !

— Ce n'est que par la ruse que tu vas pouvoir y accéder, ma fille... Une chose est certaine : oublie la force !

— En plus, tu devras avoir des hommes dans la bâtisse, dont au moins un à l'intérieur de la salle même ! ajoute ma grand-mère sur un ton décidé. Et aussi, être à cet étage une douzaine d'heures avant le début du Conseil !

J'ai la curieuse impression qu'elle a déjà un plan bien précis en tête...

— Et qu'arrivera-t-il si je ne réunis pas toutes ces conditions ? Est-ce que je vais devoir tout faire sauter pour...

— Non, Leonessa ! me coupe ma mère-fantôme. Il y a beaucoup d'alliés de notre famille, là-dedans... Pas question de tous les massacrer !

— Alors, comment éliminer ceux qui veulent ma peau tout en gardant en vie mes alliés ?

— En les empoisonnant tous ! réplique à grands cris Grand-mère, lui attirant des regards étonnés de ma mère, de moi, et du chien.

— Pardon ???

▲

Cette fois, je ne comprends tellement plus que le pauvre Alfred semble paralysé dans le temps au milieu de sa roulette avec deux pattes immobilisées en l'air.

▲

TRILOGIE DARK CIRCLE

△
-4-

TA MARIA ?

Leflore

Appelé d'urgence, Leflore entre en courant dans la vieille bâtisse rouillée.

D'emblée, son attention est captée par des techniciens penchés sur un corps au rez-de-chaussée, non loin, et il voulait s'y diriger lorsque Gorman l'interpelle du haut de l'escalier.

— Vous allez être bien intéressé par ce qu'il y a en haut, Leflore. Ou dégoûté, c'est selon… ajoute Gorman à voix basse, pour lui-même.

Les agents rejoignent le physicien qui les attend sagement et tous trois serpentent dans le corridor.

— En passant, Leflore, sous un fauteuil, nous avons trouvé trois douilles de 10 mm sur la scène précédente… mais sans empreinte. Ne vous inquiétez pas, nous avons d'autres trucs au labo pour en découvrir la provenance.

Leflore cesse aussitôt de marcher.

— En es-tu certain, Gorman ? Le Team Omega n'aurait sûrement pas fait cette gaffe.

— Pourtant, elles y étaient… et il y en a ici aussi !

L'agent spécial devient soudainement fort songeur, mais un instant plus tard, les hommes du FBI pénètrent dans une grande pièce où de multiples corps parsèment le plancher et ils doivent serpenter entre les cadavres.

Il compte rapidement.

— Cinq… Plus un en bas…

— Il n'y a pas un, mais deux corps en bas, Leflore, corrige sans attendre Gorman. Nous avons déjà identifié ces deux-là et ils s'appellent Sakhulov et Margoniu, du clan Tymko. Tous deux étaient en liberté conditionnelle…

Thompson, en proie à une nausée subite devant tous ces corps ensanglantés, dont la moitié ont la tête éclatée, recule d'un pas.

— C'est un véritable massacre !

Gorman allonge son bras vers un autre groupe de techniciens, près du centre de la pièce.

— Il y en a deux autres au milieu de la pièce là-bas, plus deux en bas pour un total de neuf décès... Et oui, plusieurs ont encore fait une indigestion de 10 mm, dans cette pièce. Curieusement, pas tous, car nous avons aussi trouvé plusieurs 9 mm, cette fois !

Leflore soupire lourdement.

— Ils sont donc au moins deux... Et ils les ont encore tous atteints à la tête ? Au diable l'oubli des douilles, je suis à présent convaincu que ce sont des membres de forces spéciales qui ont perpétré ce massacre et qu'ils se croient au-dessus des lois, intouchables... Personne d'autre n'a cette précision de tir ni cet entraînement !

Le scientifique acquiesce en grimaçant devant l'évidence et les invite à le suivre plus loin dans la salle.

Dès que le technicien devant la jeune décédée reposant sur la chaise se déplace, montrant en gros plan la tête blonde striée de rose de la victime où il manque un œil,

45

Thompson se lance sur une poubelle pour y déverser son dernier repas.

Gorman grogne.

— Je voulais analyser le contenu de cette poubelle pour des résidus ADN, au labo… Je crois que je vais oublier cette avenue, à présent !

L'agent spécial, lui, ne bronche pas et affiche un air sceptique en posant un genou au sol pour mieux examiner le visage de la borgne décédée.

— Je ne crois pas que ce soit la fille de la Congressiste…

— En effet, Leflore. C'est confirmé que ce n'est pas elle, bien que nous ne l'ayons pas encore identifiée, répond Gorman en indiquant l'homme à ses pieds qui repose dans une large mare de sang. Lui, en revanche, c'est…

— C'est Kitty Joe… Martin Boucher est son vrai nom. C'est un convoyeur et un dealer de la « Quebec connection » qui fait la navette de drogue et d'armes importées entre le Canada et ici. Ça faisait un moment qu'on voulait lui mettre la main au collet, celui-là, parce que son groupe s'acoquine avec tous les clans mafieux du pays, mais surtout les Russes du clan Tymko, et il aurait pu nous fournir des infos très intéressantes.

Thompson revient vers la scène en évitant soigneusement de regarder vers le corps reposant sur la chaise.

— Tiens... Toutes des balles dans la poitrine cette fois ?

— Je n'ai pas encore fait l'inventaire de ses blessures, mais à vue de nez, il y en a une dizaine. J'en ai déjà retiré une et ce sont toutes des 9 mm, sûrement d'une arme automatique.

— Donc, un troisième modus operandi... murmure pour lui-même Leflore qui, à nouveau, inspecte la scène à multiples reprises, sa tête imitant un essuie-glace en pleine tempête.

— À quoi penses-tu, Leflore ? lâchent en même temps Thompson et le scientifique qui ricane.

Le géant cesse tout à coup de s'intéresser à son patron pour plutôt s'approcher d'un endroit spécifique sur le mur qu'il ne peut quitter des yeux avant que son doigt tremblant pointe un autre graffiti à sa gauche.

Leflore se plante devant Gorman.

— C'est donc assurément une équipe de trois… Grr ! Je me doutais bien que c'était un de ces damnés « Trios de la mort » de la foutue CIA !

Toutes les têtes dans la pièce se tournent vers lui, hormis Thompson lorgnant la table centrale jalonnée de fils et d'écrans, ce qui n'arrête pas Leflore qui commence à arpenter le plancher avec les yeux vers le sol tout en serrant sans cesse le poing avant de brusquement s'immobiliser devant la chaise ensanglantée en frappant l'air.

— Mais elle, que fait-elle dans cette histoire ? Elle a évidemment été un leurre… Pour coincer qui, au juste ? C'est ça, le point que nous devons absolument trouver sur cette scène de crime ! ajoute à voix basse Leflore, qui est visiblement en proie à une violente tempête mentale alors qu'il frotte son visage avec vigueur. Avez-vous réussi à identifier tous les cadavres, Gorman ?

— Nous n'en avons pas encore eu le temps, Leflore... Ça ne fait que dix minutes que nous sommes ici et nous avons commencé par les deux en bas !

Thompson indique le graffiti derrière lui avant d'allonger son bras vers la victime maintenant borgne qu'il n'ose regarder de nouveau.

— Je suis convaincu que la fille aux mèches roses à qui on a arraché un œil sur la chaise est P3rV3r ! Isabelle Rancourt est son vrai nom... Une autre satanée pirate du gros club de Montréal venue faire fortune aux États-Unis. Ils doivent être près d'une cinquantaine en tout qui opèrent ici et à Los Angeles !

— Et comment as-tu su ça si vite, le grand ?

— Celle-ci faisait partie de nos cibles au centre antipiratage du FBI. Ce n'est pas le plus important, Leflore... Nous sommes dans le quartier général de la bande des satanés pirates informatiques NuT4U ! C'est maintenant certain que ça a un rapport avec ma Maria parce qu'ils ont été sa dernière grosse opération quand nous avons été ensemble et…

— Pardon ??? hurle Leflore avec un visage enragé. Que veux-tu dire par TA Maria ???

Coincé, seul un petit sourire niais du géant lui répond.

Leflore, enragé comme jamais, le confronte en montrant ses dents.

— J'ai peut-être oublié de te mentionner un tout petit détail à propos de ma Maria… Nous sommes sortis ensemble à quelques reprises lorsque nous bossions ensemble, voilà quelques mois.

— Et…

— Et rien d'autre. En revanche, nous avons conservé un bon contact. J'ai même son numéro de téléphone personnel depuis, mais elle ne m'a malheureusement pas appelé, encore…

Un gros soupir découragé de l'agent spécial précède sa sortie rapide de la pièce en grognant alors que Gorman pose sa main empathique sur l'épaule du géant.

— Si tu veux un bon conseil, le jeune, ne perd plus de temps avec ta Maria et trouve-toi une autre copine… Parce qu'il est assez évident que celle-là ne te rappellera pas !

▲

TRILOGIE DARK CIRCLE

△
-5-

PARFUM DU DIABLE

Maria

Nous marchons depuis une quinzaine de minutes pour aller rencontrer un spécialiste en poisons de toutes sortes. Son antrc cst situé dans un quartier beaucoup plus sombre, où tous nos sens sont en éveil, pas toujours gaiement, car certains effluves sont plus appropriés à un dépotoir qu'à un trottoir, où les prostituées y sont légion, me faisant même accoster par un client à un certain moment, ce qui ne m'a pas rassuré du tout sur notre destination finale, mais quand je lui ai lancé : « Je suis un agent du FBI sous couverture ! », il a détalé comme un lapin et personne d'autre ne s'est approché par la suite.

Grand-Mère a profité de notre périple en basse ville pour m'expliquer ce qu'elle avait en tête. Son plan, qu'elle m'a longuement détaillé, est tout de même bien songé, génial même, et approuvé par ma mère-fantôme de surcroît, bien que je vais sûrement y ajouter ma petite touche personnelle, car j'ai pensé à une autre option beaucoup plus simple pour m'en tirer…

Ou pour prendre le contrôle de cette organisation tentaculaire en tant que Principessa.

Mais seulement si j'y suis vraiment obligée, parce que je n'ai pas tellement envie d'être mêlée de quelque façon que ce soit à des trafics humains…

Bref, toutes les options sont encore sur la table parce que l'important, après tout, est que je demeure en vie !

Grand-mère allonge le bras vers la façade défraîchie d'un petit commerce lugubre.

Son Vito le parfumeur est un… apothicaire ?

J'hésite avant d'entrer avec tous les fantômes à ma suite, faisant tinter une clochette au-dessus de la porte. Dès que je pose pied à l'intérieur, une terrifiante odeur qui semble être une overdose de parfums divers mêlé à des produits chimiques trop forts, m'assaille. De plus, c'est tellement sombre ici, le commerce étant éclairé par un seul néon poussiéreux au centre, que je dois enlever mes verres fumés pour y voir quelque chose.

Personne ?

L'instant suivant, un vieil homme voûté, au visage buriné par le temps, traverse un rideau pour venir à ma rencontre d'un pas lent.

— Oui ? demande-t-il simplement d'une voix ténébreuse avec un fort accent italien.

D'emblée, j'hésite avant de m'approcher du comptoir, car cet homme m'apparaît comme étant la fourberie incarnée.

Je n'ai pas le choix...

Selon Grand-mère, c'est le seul qui peut m'aider !

Je me souviens bien de ce que je dois lui demander.

— Bonjour. J'aurais besoin de poison aérosol en grande quantité et...

Le vieil homme recule d'un pas avec un visage ahuri en apposant son doigt un peu croche sur sa bouche. Longtemps, il m'examine, s'attardant surtout à mes yeux, avant de tout à coup devenir enjoué comme un gamin.

— Tu dois être la petite-fille d'Ursula Manzanelli… ou je me trompe ?

Je ne peux réprimer un sourire. Aussitôt, le vieillard effectue une petite révérence du torse, ce qui me surprend tellement que j'en perds presque l'équilibre. Il se précipite pour verrouiller la porte de son commerce et y apposer une pancarte indiquant qu'il est à présent fermé. Il m'invite à le suivre dans l'arrière-boutique où nous serpentons dans un véritable labyrinthe, crasseux et hyper en désordre, délimité par des tablettes surchargées partout, avant qu'il ouvre une porte qui semble blindée et protégée par une serrure semblable à celle du bureau de mon père.

Je crois que ce sera différent, ici…

Effectivement, derrière cette porte qui doit faire près de dix centimètres d'épaisseur, nous entrons dans un autre monde, car je me tiens à présent dans un labo ultramoderne, d'une blancheur si éclatante que je dois fermer mes yeux un peu, et où tout est rangé de façon si ordonnée qu'on se croirait dans une pub télévisée.

En revanche, le simple fait qu'il referme prestement la porte derrière moi avec un bruit sourd m'effraie et je me mets aussitôt en garde. Il ouvre grand ses bras décharnés.

— Bienvenue chez moi, Principessa ! Ici, nous pouvons parler. De quel produit avez-vous besoin ?

Montre-toi à la hauteur de ce titre, Maria !

— De grosses quantités de votre fameux « Profumo del Diavolo »... Votre Parfum du Diable !

Un large sourire que je qualifierais de démoniaque se dessine sur le visage de l'homme avant qu'il lève le doigt et prenne place derrière un clavier qu'il pianote lentement.

— Quelle superficie devons-nous couvrir ?

Je jette un œil à ma grand-mère.

— Quatre fois dix mille mètres

carrés… Plus une pièce de cinquante à part.

Il éclate de rire dès que je lui transmets ces infos.

— J'ai une bonne idée pour quel endroit c'est destiné… Et que je vais éviter à tout prix durant quelques jours !

Chanceux… Perso, je n'ai encore aucune idée où ça doit aller !

J'allais lui imposer une condition, mais il a de nouveau son doigt en l'air alors qu'il tape des trucs sur son clavier. Il relève finalement la tête.

— Je ne veux pas que votre dosage les tue… Simplement les rendre hyper malades, inconscients au maximum !

J'ai déjà tué assez de gens, pas besoin d'en ajouter d'autres !

Il acquiesce de la tête avant d'inscrire quelques notes.

— N'oublie surtout pas les antidotes injectables, ma fille !

C'était le prochain point, parce qu'il est plutôt essentiel… Maman.

— Je vais aussi avoir besoin de vingt doses d'antidote injectable.

Autre note de l'homme qui s'enquiert si c'est tout. Je lui souris simplement et il me demande un numéro pour me rejoindre. N'ayant plus de téléphone, et aucune envie d'en avoir un sur moi pour qu'on me piste de nouveau, je lui donne un de mes courriels et nous revenons sans tarder à l'avant.

— Tout sera prêt cette nuit. Dans votre message, je vous indiquerai les coordonnées pour le ramassage. Et pour mes frais... Mama mia, c'est l'événement d'une vie de rencontrer une véritable Principessa... Deux est un don de Dieu ! Vous me devrez simplement une faveur.

Il allonge sa main que je ne peux plus quitter des yeux.

▲

Alfred cesse subitement de courir et regarde partout autour de lui avec une certaine anxiété.

▲

Oh que c'est dangereux, ce marché...

Ça veut dire que je serai carrément soumise à ses quatre volontés à un certain moment ?

Je baisse la tête, songeant aux

nombreuses implications possibles, mais ma mère est plus rapide.

— Ce sont des conditions normales dans notre monde, ma fille.

Même si je ne suis rassurée qu'en partie, je serre la main tendue.

— Merci... Je vais faire de mon mieux pour honorer ce marché.

Je lorgne son sourire qui est à nouveau démoniaque à souhait.

▲

Alfred cesse de courir et gratte son menton avec une mine sceptique.

▲

Quelque chose me dit que j'ai fait une gaffe en acceptant cette condition...

Que je vais évidemment refuser si c'est trop morbide !

Avec un visage enjoué comme celui d'un enfant à qui on vient de donner un bonbon, il m'invite à le suivre à l'avant du commerce où, sans une parole, il fait de nouveau révérence en m'ouvrant la porte extérieure. À l'instant que je reviens sur le trottoir, j'entends ses divers verrous claquer. Le seul fait que Toutou grogne vers la porte m'assure qu'il me prépare un coup fourré.

Ma grand-mère éclate de rire.

— Même après toutes ces années, il est toujours aussi machiavélique, celui-là !

— Vous le connaissez donc depuis longtemps.

— Nous étions jeunes et fougueux, à cette époque... Mais rassure-toi, c'est un vrai disciple de la Cosa Nostra. Il t'a reconnue et ne te fera jamais aucun mal. C'est d'ailleurs la raison principale pour laquelle nous sommes venus le voir. Tu peux avoir confiance en lui.

Pas sûre de ce point, moi...

Nous marchons un moment en silence avant que je ne puisse plus retenir ce qui trotte dans ma cervelle depuis que ma grand-mère m'a expliqué son plan de dingue.

— Dites, pour reprendre mon vrai nom, ce ne serait pas plus simple... que je me tue le plus violemment possible ?

▲

Alfred culbute à plusieurs reprises dans sa roulette avant qu'elle ne tombe sur le côté.

▲

Je m'amuse de voir les trois fantômes me côtoyant cesser de bouger comme si le temps s'était arrêté autour d'eux. Mes ancêtres s'ébrouent la tête d'un même mouvement parfaitement coordonné avant que leurs regards ahuris se fixent sur mes yeux.

— Pardon ???

▲

△
-6-

BONNES ACTIONS

Maria

Je souris bêtement à mes ancêtres aux visages sidérés.

— Ainsi, le contrat contre Maria Lopez sera aussitôt annulé… Et ils vont enfin me foutre la paix !

Une fois l'effet de surprise passé, ce qui leur a pris une éternité je dois avouer, ma grand-mère éclate de rire alors que ma mère-fantôme semble se poser encore de nombreuses questions sur ma santé mentale.

— Ce que tu peux être brillante, Leonessa ! Et je connais très bien le seul qui pourra t'aider avec ceci !

Elle me donne un nom, Faustino Gaminosi, et son numéro de téléphone personnel. Je suis étonnée qu'elle s'en souvienne aussi bien. Je me retiens de le lui mentionner, me doutant de la réponse.

Maintenant, j'ai besoin d'un téléphone…

Un peu plus loin, un homme, qui semble être un sans-abri, en dépit qu'il soit assez bien vêtu, est endormi, adossé à une porte de commerce avec une bouteille de vin pas encore ouverte sous une de ses cuisses.

Il devait être trop bourré pour l'ouvrir...

Hé ! Mais j'y pense, même les clochards ont des téléphones sur eux à New York !

J'approche de l'homme en inspectant les environs. Je laisse un couple passer avant de fouiller ses poches et m'en éloigne avec mon butin en main, plus une paire de verres fumés d'une autre époque qui décorent aussitôt mon visage. Dès que je m'insère dans une ruelle sombre, j'allume l'appareil. L'écran s'éteint la seconde suivante.

Grr ! Plus de jus !

C'est bien ma chance...

Dépitée, je reviens rapidement sur mes pas alors que le chien jappe devant moi.

— Attention, Leonessa ! me crient en même temps mes ancêtres fantomatiques.

De l'ombre, surgissent deux jeunes hommes fort tatoués qui me bloquent le chemin avant même que j'atteigne la rue. Toutou tente aussitôt de leur sauter à la gorge, mais ne peut que les traverser sans cesse.

— Hello, belle gonzesse. As-tu envie de t'amuser un peu avec de vrais mecs ?

— Non, merci. Vous n'êtes vraiment pas mon genre !

L'un d'eux se déplace vivement et m'attrape par les bras pour me plaquer contre un mur de brique où il me fait grâce de son haleine fétide qui sent terriblement l'alcool. Il approche sa tête de mon oreille en serrant plus fort son emprise sur mes poignets.

— Tu ne le sais pas encore, mais je suis sûr que je suis ton genre !

— Pas du tout ! je rétorque, alors que d'instinct, mon genou monte où ça fait mal et il me lâche en se pliant en deux, recevant mon autre genou sous le menton à l'aide d'un saut qui l'expédie plus loin, au sol. Son copain empoigne prestement un énorme poignard.

Celui qui m'a attaqué rugit en bondissant debout avant de s'armer comme l'autre avec un visage déformé qui saigne fortement du nez qui est à présent croche, arborant une telle haine qu'il me fige un instant.

— Je vais te découper en rondelles, salope !

Il fonce sur moi avec sa lame brandie, mais j'évite prestement l'acier qui miroite à seulement quelques centimètres de mon nez en reculant d'un pas tout en m'emparant d'une de mes armes dans mon dos et un instant plus tard, deux corps sont étendus à mes pieds avec des têtes transpercées que mon canon noir encore fumant pointe tour à tour.

Je suis furieuse envers eux comme je l'ai rarement été avec d'autres humains.

Ils n'attaqueront plus jamais de femmes seules, ces deux ordures-là !

Δ

Δ

Bella

Sans un son, une jeune femme avec un bébé dans les bras referme son rideau derrière lequel elle a suivi toute la scène dans la ruelle. Elle soupire en serrant fort son enfant.

C'est certain que je ne vais jamais dire un mot à la police à ce sujet...

Parce que je suis enfin, enfin libérée de ce fou furieux qui m'a mise enceinte en me violant comme une chienne !

J'aimerais tant remercier cette femme qui a su se défendre contre lui !

Personne n'a jamais fait une si bonne action pour sécuriser notre quartier...

Bon Dieu ! J'ai peine à croire que son effroyable règne de terreur est enfin terminé...

Je peux maintenant vivre sans crainte qu'il m'attaque de nouveau !

Elle serre un peu plus son fils qui rechigne dans ses bras.

— Je vais faire en sorte que tu ne deviennes jamais méchant comme ton papa, mon amour...

Un sourire illumine soudainement son visage.

— Et ta grand-mère va nous y aider de belle façon parce que je sais qu'elle a souscrit à une très grosse assurance-vie pour son fils avec moi en tant que bénéficiaire ! On va enfin sortir de notre misère ! jubile-t-elle en faisant virevolter son enfant qui semble adorer ce manège en riant lui aussi.

Δ

Δ

Maria

Mon hamster sprinte comme un dingue dans sa roulette.

▲

J'étais sur le point de m'éloigner de ces salopards de la pire espèce lorsque je songe à un truc.

C'est certain qu'ils ont des téléphones sur eux...

À nouveau, je jette un œil autour avant de fouiller les poches de celui qui m'a attaquée, un peu étonnée que le sang ruisselant sur son visage ne me fasse aucun effet nauséeux, cette fois. Un rouleau de billets m'arrache un sourire et je l'enfouis dans mon manteau, de même que son téléphone. J'agis de façon identique avec l'autre, qui n'avait malheureusement pas d'argent, et m'éloigne rapidement. Je presse le contact de l'appareil dès que j'arrive à la rue et lève mes bras en signe de triomphe devant la pleine charge et compose le numéro que ma grand-mère me répète.

— Bonjour, monsieur Faustino Gaminosi, s'il vous plaît.

— Il est absent. Puis-je prendre le message, madame… ?

J'aurais dû m'attendre à cette réponse !

Quel nom vais-je bien lui donner ?

Je dois m'assurer qu'il me rappelle sans faute !

— Je suis Leonessa Barzetti, et je…

De curieux clics se font entendre.

— Ici Faustino Gaminosi, mademoiselle Barzetti. Que me vaut l'honneur ?

Je me doutais bien qu'il était là !

— J'ai besoin de vous rencontrer seul à seule de toute urgence, monsieur Gaminosi.

— Où êtes-vous en ce moment ?

N'ayant aucune idée où je me trouve exactement, je cours quelques pas jusqu'à une intersection tout près pour lui donner les coordonnées.

— Demeurez en bordure de la rue. Je vais vous y prendre sous peu.

À ma grande surprise, la communication coupe abruptement. Je m'éloigne quelque peu de ce carrefour fort achalandé en retournant le téléphone déchargé dans les poches du sans-abri au passage. Au dernier instant, surtout qu'il commence à se réveiller à ce moment, je décide de conserver ses verres. Prise de remords, je les échange prestement contre quelques-uns des gros billets que je viens de réquisitionner au cadavre, qui n'en avait plus besoin. Dès qu'il entrouvre les yeux, je cours un peu plus loin pour me retrancher de nouveau dans l'ombre d'un conteneur à déchets en songeant à l'appareil de celui que je viens de tuer et que j'ai inséré dans mes poches avec une certaine nonchalance.

Je dois absolument m'en défaire tout de suite...

La police qui va enquêter sur la mort de ces deux salopards va pouvoir me retrouver en deux minutes avec ça si je le conserve sur moi !

J'ouvre le conteneur, mais j'hésite de l'y déposer.

Mes empreintes y sont...

Il est vigoureusement essuyé avec mon chandail la seconde suivante. À nouveau, j'arrête mon lancer vers le conteneur que je viens d'ouvrir.

Meg ! Le numéro personnel de ce Parrain y est aussi !

Un instant plus tard, je le piétine furieusement pour en retirer la carte SIM que je casse en pièces avant de jeter tous les gros morceaux de l'appareil dans le conteneur sauf les débris de la puce que je lance dans deux poubelles différentes que je referme le plus rapidement possible à cause du doux parfum qui s'en dégage.

Pas de risque à prendre…

Δ

Δ

Georges Livingstone

Georges Livingstone se réveille difficilement. Accroupi dans un coin de porte, il pose aussitôt la main derrière son crâne qui affiche une gigantesque bosse avant de tâter sa poitrine douloureuse.

— Mais que s'est-il... Oh ! Je me rappelle... J'ai été attaqué par deux jeunes hommes tatoués qui m'ont tabassé même si je leur avais remis mon portefeuille !

Il lève sa jambe en revenant à la verticale et la bouteille qui y était coincée roule sur la marche. Dans une tentative désespérée, il pivote sur lui-même pour s'en emparer une seconde avant qu'elle tombe. Il la serre contre sa poitrine en l'essuyant avec une certaine tendresse.

— S'il avait fallu que je la perde... Je dois tout de suite l'apporter au journal avant 18 :00 pour les photos qui vont accompagner le reportage du gagnant du grand concours des vins américains ! C'est tout de même cette bouteille qui va lancer notre nouveau gigantesque vignoble californien bio où mon partenaire a investi

73

tant d'argent !

L'homme sursaute.

— Argent... Oh ! Je n'ai plus un seul rond... Et ma damnée pile qui est à plat dans mon téléphone ! Peut-être me reste-t-il un peu de monnaie pour lui passer un coup de fil dans une cabine ?

Il fouille dans son veston pour en sortir trois billets de 100 $ d'une poche où sont habituellement entreposés ses verres fumés.

— Qu'est-ce que...

Ses souvenirs reviennent, bien qu'un peu embrumés.

— La petite ange aux yeux si bleus de mon rêve... Ce n'était donc pas un rêve ? Elle m'a vraiment gratifié d'une bonne action ?

Un taxi s'approche. Sans penser plus loin, il se lance presque devant la voiture avec un bras en l'air et le plus large sourire que la planète n'ait jamais vu alors que le véhicule jaune s'arrête en catastrophe à ses pieds.

—Oui ! Monsieur Barzetti va être

tellement content de son investissement...
Surtout que j'ai un bon retour sur les
profits !

▲

TRILOGIE DARK CIRCLE

△
-7-

PRINCIPESSA

Maria

Ma grand-mère vient me rejoindre derrière le conteneur qui dégage une odeur de produits chimiques tandis que ma mère-fantôme fait le guet... et que le chien fouille dans toutes les poubelles qu'il voit.

— Faustino est probablement le membre le plus influent de la Cosa Nostra au pays, Leonessa. Oui, il est excessivement dur, impitoyable même à l'occasion, mais c'est un homme juste et bon. La première chose que tu dois faire avec lui est de gagner sa confiance... Et ne lui mens jamais ! Il a le foutu don de le savoir à chaque coup !

— Vous semblez bien le connaître...

— Nous avons eu nos petits moments tendres dans notre jeunesse.

Oh, ça pourra peut-être me servir !

— Une limo approche à basse vitesse, nous avertit ma mère-fantôme.

Je sors de l'ombre. Ma grand-mère se

précipite devant moi alors que le long véhicule dévie dans ma direction.

— Laisse-moi vérifier s'il est seul. Je veux être certaine que c'est lui parce qu'il y a définitivement un truc qui ne fonctionne pas au Dark Circle !

La voiture s'arrête à ma hauteur en même temps que ma grand-mère me donne son autorisation pour y pénétrer, ce que je m'empresse de faire avec un chien hyper excité à ma suite. Un vieil homme, d'une carrure encore très robuste malgré son âge, m'y accueille avec un sourire. La longue limousine reprend sa route dès que je referme la porte.

— Bonjour, mademoiselle Barzetti. Vous pouvez parler sans aucune contrainte ici parce que cette partie est insonorisée.

— Merci… Parce que ce que j'ai à vous dire doit absolument demeurer entre nous.

Il ricane.

— C'est toujours ainsi avec vous.

Avec vous ?

Il doit parler des Principessa…

— En passant, ma grand-mère vous salue, monsieur Gaminosi.

Son regard s'attarde aux sièges devant nous, occupés par mes ancêtres fantômes, alternant entre eux.

— Est-ce que…

— Ma grand-mère est directement devant vous, ma mère sur l'autre siège… et lc chien de mon père, qui commence à sérieusement m'énerver, s'amuse à regarder partout dans toutes les fenêtres !

— « Roadkill » ? Surprenant…

J'éclate de rire.

— Je connais son nom, à présent… Alors, Roadkill, couché !

La tête basse, il s'étend à mes pieds pour ronger son gros os.

— Enfin ! Bon toutou…

Le Parrain esquisse un sourire en ne me quittant pas des yeux.

— Un jour, je te raconterai son histoire, mais il y a plus important, je crois. Dis-moi, comment ta grand-mère me surnommait-elle dans notre jeunesse ?

— Curieuse question…

Je jette un regard à son ancienne flamme… qu'il ne voit pas.

— Il mio Stallone… Mon étalon. Et crois-moi, c'était vraiment bien mérité !

Un peu dégoûtée par ce complément d'infos, je recule dans mon siège.

— Oh, je n'avais pas besoin de savoir ça, Grand-mère !

Aussitôt, je soupire avant de me tourner lentement vers le vieil homme rieur.

— Je sais qu'elle est réellement là, ma belle Leonessa. Il n'y a qu'elle pour être aussi directe sur certains points… sensibles !

— Merci… Monsieur l'étalon !

Cette fois, l'homme éclate de rire en posant la main sur mon épaule.

— Montre-moi ton poignet gauche, s'il te plaît.

J'obéis, mais je vois le Parrain serrer les dents.

— Nous ignorons où mon père a planqué le bracelet…

— Pourtant, tu as la marque… C'est curieux. En revanche, c'est probablement ce qui te permet de voir tes ancêtres.

— Non, je les ai vus à cause d'un tatouage rond dans mon cou sur lequel j'y ai mis mon sang. Les marques sur mon bras ont servi à me donner leurs... genres de pouvoirs de guerrière !

Son sourire s'élargit démesurément.

— On peut donc discuter de choses sérieuses, à présent... Principessa !

Oh, j'ai la curieuse impression que je viens de passer son test de confiance avec tous les honneurs !

▲

Alfred augmente l'allure dans sa roulette.

▲

— Parler de choses sérieuses du genre... Pourquoi diable avez-vous mis un contrat sur la tête de mon père et de la mienne ?

Il se renfrogne et arbore une telle rage sur son visage que je crois que ses yeux vont s'enflammer.

— J'avais un remplaçant à la réunion de ce matin, car j'étais sur un vol en provenance d'Italie... N'aie crainte, lorsque j'ai su ce qui s'y était passé, je me suis assuré qu'il ne remplace plus jamais personne... Plus jamais !

Meg ! C'était assez clair !

— Et quelle est la véritable raison pour laquelle tu désirais me rencontrer, Principessa ?

Ça fait trop bizarre de se faire appeler ainsi...

À vrai dire, je déteste !

— J'ai deux objectifs, monsieur Gaminosi...

— Faustino pour toi !

Nous échangeons un sourire complice.

— Je vais vous avouer que je préfèrerais que vous m'appeliez Leonessa... Bref, mon but principal est de retrouver le bracelet des Principessa. Le second est que... je vais avoir besoin d'une aide intérieure lors de la prochaine réunion du Conseil du Dark Circle parce que je veux y faire une entrée surprise !

— Un objectif à la fois... Et on va commencer par le bracelet sacré qui va t'assurer une certaine sécurité, et je sais qui va pouvoir t'aider à le trouver, me dit-il en s'emparant de son téléphone. Bonjour, mon grand. C'est ton oncle Faustino. J'aurais besoin de te rencontrer rapidement. Où es-tu ? Reste là, je vais aller te prendre dans deux minutes, termine-t-il sa courte conversation avant de presser un bouton entre nous. Parking du DC Tower, s'il te plaît.

La voiture emprunte une rue transversale en prenant de la vitesse.

▲

Alfred semble inquiet dans sa roulette.

▲

— Où allons-nous… Faustino ?

— Sous un des immeubles de Max… Immeuble qui est donc à toi, à présent. Je vais t'adjoindre un homme qui connaissait très bien ton père et qui est peut-être au courant de certains de ses secrets.

Nous empruntons la rampe d'accès pour un parking souterrain situé sous une grosse bâtisse de plusieurs étages qui semble encore en construction, bien qu'il y ait déjà des commerces au rez-de-chaussée, dont un restaurant… Et je n'ai pas le temps de voir le reste, car nous filons droit vers une voiture garée à l'autre extrémité où un homme nous attend en étant adossé à une grosse Mercedes. Les fantômes devant moi quittent tous deux en même temps.

Non, c'est… C'est Gregorio ?

Celui qui a tué mon père ???

▲

Alfred fait soudainement tourner sa roulette près de la vitesse du son.

▲

Frénétique, je remets aussitôt mes verres sur mon nez et me déplace sur le siège d'en face avec ma main sur la crosse d'une des armes dans mon dos, mon regard alternant entre l'homme qui s'apprête à entrer dans la voiture et le Parrain qui semble d'un calme olympien.

M'a-t-il tendu un piège et il veut me descendre lui aussi ?

La portière s'ouvre sur un géant au gabarit de lutteur professionnel qui s'assoit avec une certaine nonchalance sur la banquette directement devant moi, ce qui coupe court à mes pensées pour laisser toute la place à mes nouveaux instincts guerriers.

Et sans avertissement, je me précipite sur lui comme un fauve assoiffé de sang avec une main à sa gorge que je serre de toutes mes forces tandis que l'autre tient fermement l'arme chromée que je tente d'enfoncer dans les os de son front, juste au-dessus de son regard abasourdi au moment où mes ancêtres aux visages durs font leur apparition à mes côtés.

Des larmes perlent aux yeux de l'assassin de mon papa.

— Petite Diavolo ? lâche-t-il sur un ton rauque à cause de ma prise sur sa gorge.

Il sait qu'il va bientôt crever !

— Cette fois, c'est moi qui vais te descendre, salaud… Parce que je t'ai vu tuer mon père !

— Vendetta !!! hurle ma grand-mère à mon côté.

Et j'appuie encore plus fort sur le crâne.

Minute…

Ai-je envie de tuer un autre homme ?

85

De sang-froid, cette fois ?

▲

Alfred ne fait que deux tours dans sa roulette.

▲

S'il a osé tuer mon père de la même façon...

Alors, oui, je le veux !!!

▲

△
-8-

TRISTE VÉRITÉ

Maria

Son visage devient tout à coup enjoué.

— Maria ? C'est vraiment toi, Petite Diavolo ? Mama mia, je t'ai enfin retrouvée !!! Je te cherche partout depuis ce matin ! lâche-t-il d'une voix toujours étouffée par la solide prise que j'ai sur son cou.

— C'est moi qui vais te tuer, cette fois !!!

Les larmes sur ses joues deviennent un véritable torrent.

— Je l'ai fait à sa demande, la petite… Basta ! Je te jure que c'est la chose la plus dure que j'ai faite de toute ma vie ! La pire chose…

Un bref regard vers Faustino me renvoie un visage intéressé comme celui d'un spectateur assistant à un match de football, mais il est aussi rieur, car il semble bien s'amuser de la situation.

Pas moi !

— En plus, je t'ai vu me tirer dessus à la vielle usine !

— Pas du tout, j'y ai tué le mec qui voulait te descendre… Qui t'a même touché, je crois ?

Vrai que j'ai vu homme s'écraser au sol à ce moment…

Et que j'y ai été touchée…

Mais je ne le sens plus ?

Bizarre…

Je dois être trop énervée !

— Et peux-tu enlever ça de ma tête, s'il te plaît ?

J'y presse l'arme encore plus fort en grognant.

— Elle ressemble vraiment à sa grand-mère, à présent… ricane le Parrain, hors de ma vue, car je ne veux pas quitter mon contact visuel avec les yeux du meurtrier de mon paternel.

Greg allonge son bras lentement.

— Ne tire pas… J'ai quelque chose à

te montrer qui est dans ma poche de veston.

Il veut prendre son arme ?

Pas question !!!

Le canon chromé sur son front reçoit à présent l'appui de tout mon poids, ce qui lui arrache une grimace.

— Non ! Ne bouge pas, salaud ! Laisse-moi y aller.

Ma main relâche lentement son cou, ce qui lui permet de respirer à fond, ou respirer tout court parce que son visage était devenu hyper rouge. Je cherche dans son veston tandis que nos yeux ne se quittent pas.

— C'est le petit téléphone de ton père dans une boîte plombée à droite... Il a un message pour toi... Son dernier... Oh, basta... Ses derniers mots... Qu'est-ce que j'ai fait ???

Ses pleurs reprennent de plus belle, tant et si fort que c'en est assourdissant, alors que dans sa poche intérieure, il y a effectivement une petite boîte en métal que je lève devant mes yeux.

Faustino avance sa main vers nous.

— Donne-la-moi, Leonessa. Je vais l'ouvrir.

Le visage de Gregorio affiche une grande surprise, pas feinte du tout.

— Tu connais déjà ton vrai nom, Petite Diavolo ? Comment, bordel ? C'est impossible ! Je ne l'ai su que ce matin... Max ne me l'avait jamais dit avant !

Avec une main sûre, le vieux Parrain manipule l'appareil devant son visage aux expressions sans cesse changeantes avant de me le remettre directement.

— C'est dur... m'avertit-il en grimaçant. Tu devrais t'asseoir... Et ne crains rien, il ne te fera aucun mal en ma présence.

Je lorgne le visage craquelé qui m'inspire confiance avant que je relâche la pression de mon arme sur son front, où l'extrémité du canon est bien dessinée en rouge foncé, de même que mes doigts autour de son large cou.

Confuse et craintive à propos de l'avertissement du vieil homme, je m'adosse avec mon arme qui pointe toujours la tête du géant et l'appareil dans mon autre main qui me montre déjà mon oncle, avec une poitrine ensanglantée, assis à même le sol contre un panneau de bois. Les têtes de ma mère-fantôme et ma grand-mère côtoient la mienne avant que, d'un doigt hésitant et un peu tremblant, je presse sur une touche.

— « Bonjour, Maria... Oui, je suis sur le point de te quitter... Mais tu dois connaître d'urgence des trucs sur toi... Car tu n'es pas celle que tu crois être du tout ! Tu es la descendante d'une des plus grandes lignées d'Italie... De Sicile... Et tu ne t'appelles pas Maria... Ton véritable prénom est Leonessa... Et tu es ma fille ! Pourquoi est-ce que je t'ai toujours caché ta vraie identité ? Pour te protéger... Greg t'expliquera en détail... Rappelle-toi ce que je t'ai dit à propos de ton tatouage dans le cou... Active-le tout de suite ! Ça te dira où mes secrets... nos secrets sont cachés. Surtout, comment y avoir accès... Greg sera ton fidèle garde du corps... Il sait déjà qui tu es... Et comme moi, tu lui donneras trois millions par an pour ses services... Crois-moi, c'est un bon investissement. Tu vas trouver la suite très dure... Je suis certain que tu vas vite découvrir la raison pour laquelle il faut absolument que tu voies ma mort par Greg, car ça va sûrement t'être utile à toi aussi… Parce que je veux que ce soit lui-même qui te remette ma bague de notre Famiglia ! »

J'arrête l'enregistrement et lève la tête vers le visage en pleurs du géant devant moi qui tient une bague du bout de ses énormes doigts.

— Je lui ai promis… réussit-il à dire entre deux sanglots qui me vont droit au coeur avant qu'une de ses paluches tente d'essuyer son visage où se reflète la lumière des néons du garage.

Lentement, je dépose mon pistolet entre mes cuisses pour m'emparer de la grosse bague dorée en dépit de son bras qui bouge sans cesse sous ses émotions qu'il ne peut désormais plus filtrer. Je m'attarde à peine au lion décorant la gigantesque chevalière avant de la serrer bien fort dans ma main que je presse contre mon cœur en fermant les yeux.

▲

Alfred essuie ses pleurs avec ses

petites pattes.

▲

Près des larmes moi aussi, je le remercie en silence en repartant l'enregistrement où on voit bien que mon oncle grimace de douleur en levant la tête vers son ami qui est encore abasourdi par ses derniers propos, ayant même lâché un juron, je crois.

« Oui, Greg... Tire-moi une balle dans le front ! De toute façon, je n'en ai plus pour longtemps et... Et tu pourras ainsi protéger ma petite Leonessa... Sors ton téléphone... Filme-toi en train de me faire sauter la tête... Vite !

— Non... T'es pas sérieux, Max ? »

Gregorio avait raison...

Mon père l'a vraiment obligé...

Et moi, je l'ai presque tué parce que j'ignorais cette vérité !!!

Un long silence précède mon oncle qui acquiesce à quelques reprises en l'implorant du regard. Des pleurs se font entendre alors que Gregorio manipule son téléphone. Il le place en étirant son bras au bout duquel un pistolet allongé d'un silencieux est bien visible devant le visage grimaçant qui a les yeux bien ouverts, affrontant sa mort avec un courage, avec un flegme, une paix intérieure qui me retourne l'estomac, qui m'arrache même une petite convulsion une seconde avant que le canon de l'arme crache le feu.

Soudainement, juste devant moi, des cris de désespoir en face d'un destin trop cruel, mêlé de rage mal contenue, me font sursauter si fort que j'en laisse presque tomber l'appareil. Ces hurlements du géant, tristes témoins d'une insoutenable douleur refoulée dans les tréfonds de son âme, envahissent l'habitacle et Faustino m'incite avec de grands gestes des bras à cesser le déroulement de la bande vidéo alors que Gregorio mugit de plus belle avec ses mains couvrant son visage qui se dandine de tous les côtés comme un forcené.

— Non, non, NONNN !!! hurle-t-il sans cesse avant que son vieil oncle le prenne tendrement dans ses bras où le géant s'y laisse lentement glisser en continuant de crier sa détresse à l'univers entier. J'ai été obligé… obligé de tuer Max… Basta, c'était mon meilleur ami depuis toujours !!! Je me hais, je me hais, je me haisssss !!!

Ce trop-plein d'émotions déversé à grands cris au monde entier, si titanesque détresse qu'il gardait pour lui seul comme un terrifiant cancer le rongeant en silence, envahit tant mon cœur en peine à mon tour que sans savoir pourquoi, je me joins à eux, pleurant à mon tour ce sordide coup du sort et encore plus lorsque le géant m'enserre dans ses puissants bras en me secouant fort contre son puissant torse qui tressaille à chaque pleur, chaque mugissement qu'il ne peut désormais plus retenir, et que je lui retourne comme un sombre écho.

Lentement, très lentement, le géant se calme. Moi aussi par ricochet. Nos regards, maintenant très près l'un de l'autre, se rencontrent même si je suis certaine qu'il ne me voit pas tant ses yeux sont inondés de larmes.

— Il m'a vraiment obligé, la petite… Vraiment ! Mais j'ai promis à ton père de te protéger… par ma chienne de vie s'il le faut ! Et à présent que je t'ai retrouvée, je

95

ne te lâcherai plus jamais ! Jamais, m'entends-tu ? crie-t-il les derniers mots.

Il se redresse en me ramenant délicatement sur mon siège et ouvre la portière.

— J'ai besoin d'air... Et mets ta bague. Sois fière de ton papa, des sacrifices qu'il a fait toute sa putain de vie pour te protéger !

Sans attendre, il sort pour s'adosser à sa voiture en respirant à pleins poumons... avec ma mère-fantôme à son côté, la tête sur son épaule, et qui semble compatir avec sa peine.

J'ai la curieuse impression qu'ils ont une histoire commune, ces deux-là...

Je ne sais plus que penser de tout ceci en examinant la chevalière de ma famille que j'ai encore en main.

Elle est énorme...

Et en désespoir de cause, je l'enfile sur mon pouce que j'amène devant mes yeux, non sans avec un certain accès de fierté en face du lion qui me représente un peu, avant de ramener ma main sur ma cuisse où la bague est encore plus impressionnante. Ainsi placée, mon regard accroche le pistolet et le téléphone à mes pieds qui semble me narguer avec son image immobilisée sur la tête transpercée de mon père.

J'enfouis machinalement mon pistolet chromé dans mon dos avant de m'emparer du téléphone. Dès que j'ai le lugubre écran en main, je me fige.

▲

Mon hamster hésite de quel côté se diriger dans sa roulette.

▲

Est-ce que j'écoute la suite ?

En ai-je vraiment besoin ?

Longtemps, l'appareil demeure entre mes doigts, attendant ma décision avec l'écran que j'ai tourné vers le bas, car je ne peux plus supporter de voir la tête de mon père biologique ainsi trouée.

— La suite pourrait être intéressante, tu sais... me lance le vieil homme vers lequel je lève les yeux. Je crois que c'est loin d'être terminé pour toi.

— Je le pense aussi, Leonessa, ajoute ma grand-mère, près de mon oreille. Fie-toi toujours à lui, car cet homme a un instinct presque divin qui m'a souvent sidéré, je dois avouer !

Après une dernière hésitation, sans réelle volonté, j'appuie sur le bouton central et j'y vois de nouveau la tête de mon oncle, père, arborant à présent un trou rouge entre les sourcils, cogner violemment contre le bureau pour retomber mollement sur son sternum, immobile à tout jamais. Mes yeux ne peuvent quitter la traînée de sang sortant de la blessure, maculant une de ses paupières, alors que le géant manipule son téléphone en tremblant avant d'éclater en sanglots.

« Excuse-moi de n'avoir pu te protéger, mon ami... Mais je te jure de protéger la vie de ta petite Leonessa comme si c'était ma propre fille ! Je te le jure !!! » crie-t-il en pleurs à son ami décédé, ne pouvant plus se retenir désormais. Son regard descend vers la main de sa victime consentante. « Oh, Basta... Faut que je lui enlève sa bague à présent... » dit-il à voix basse, hésitant un moment pour retirer délicatement le bijou qu'il présente avec un visage affichant mille émotions entremêlées à la caméra toujours en fonction qu'il a maintenant dans ses mains, montrant ses joues couvertes de larmes en gros plan avant que la caméra se dirige lentement vers le corps immobile. « Réalises-tu ce qu'il a fait pour toi ? Le réalises-tu vraiment, Leonessa ??? »

L'enregistrement coupe à cet instant précis. Mon regard diverge vers l'ami de mon père, encore adossé à sa voiture, qui a maintenant une main couvrant son visage, son autre massant son cou endolori, en plus du fantôme tentant de le consoler.

Ma grand-mère pointe avec énergie l'appareil de son doigt.

— Recule lentement… Je crois que j'ai vu quelque chose d'important sur le bureau !

▲

Alfred, immobile dans sa roulette, jette sans cesse un œil à droite et à gauche.

▲

Je lorgne le visage de mon ancêtre qui

99

recommence à pointer l'écran.

Qu'est-ce qui peut bien être important, là-dedans ?

Un peu dépassée, j'obéis.

— Arrête ! C'est bien ce que je pensais ! explose-t-elle en levant un bras en signe de triomphe au travers du plafond tandis qu'un des doigts de son autre main est collé contre la vitre de l'appareil qui fait un gros plan sur le visage de Greg, mais qui montre aussi une petite partie de l'espace de travail juste au-dessus de son doigt. Regarde la décoration à la base de la lampe sur le bureau !

Dès que je m'y attarde, je sursaute devant les C entrelacés.

— Meg ! Ça ressemble vraiment à votre bracelet, Grand-mère !

— C'est là qu'il l'a caché ! Les secrets qui sont les plus difficiles à trouver sont presque toujours ceux demeurés à la vue de tous... Enfin, presque toujours.

Je lève les yeux vers le vieil homme qui affiche le sourire le plus diabolique que je n'ai jamais vu.

— Vous le saviez, n'est-ce pas ?

— Va rejoindre Greg, est sa réponse.

Oui, il le savait !

Et il s'approche pour me faire grâce d'un baiser sur le front qui me surprend un peu avant qu'il m'indique la bague à mon pouce.

— Prête-la-moi jusqu'à demain. Je sens que je vais en avoir besoin.

Fie-toi toujours à l'instinct divin de cet homme...

Je la lui remets sans crainte avant qu'il me montre galamment la portière de sa main.

Une façon comme une autre de foutre gentiment quelqu'un dehors.

▲

TRILOGIE DARK CIRCLE

Δ
-9-

ENCORE NuT4U ?

Leflore

L'agent spécial est furieux en revenant dans sa camionnette noire de service après sa rencontre dans une ruelle avec un espion de la CIΛ à la retraite.

— J'aurais dû le laisser crever, cet enfoiré qui ne veut absolument pas nous aider, même si je lui ai sauvé la vie !

Au volant, Thompson allonge le bras.

— Nous avons une nouvelle scène semblable aux autres tout près d'ici !

— Pas encore !!! rage l'agent spécial, alors que la camionnette démarre avec les sirènes hurlantes vers un nouveau théâtre macabre qu'ils trouvent aisément, car plusieurs véhicules d'incendie bouchent le passage devant une vieille bâtisse fumante.

— Que diable s'est-il passé ici, cette fois ?

— C'est le superviseur qui nous a dit de venir sur cette scène le plus vite possible !

— Bizarre… répond simplement Leflore avec la tête dans les nuages.

Ils sont aussitôt assaillis par la responsable d'une section scientifique secondaire du FBI de New York. Leflore la reconnaît de facto, ayant passé quelques douces soirées avec elle.

— Bonjour, agent spécial Leflore, agent Thompson. C'est le superviseur qui m'a ordonné de vous appeler afin que vous veniez faire un tour.

Les deux hommes échangent un regard inquiet avant de suivre la courte dame blonde pâle à la peau si blanche, la spécialiste des incendies criminels au FBI, qui les entraîne dans une pièce grouillante de gens en uniforme où ça sent fortement la fumée et le plastique brûlé. Leflore hésite, n'ayant vraiment aucune envie d'y pénétrer.

— Ne crains rien pour la solidité de cet édifice, Marcus. Sa structure en acier est intacte. Le béton aussi. Seule une partie à l'arrière est en bois et l'incendie y est déjà neutralisé.

Un peu à contrecœur, ayant vécu dans

le passé une très mauvaise expérience reliée à ce genre d'incident, qui lui a d'ailleurs laissé d'atroces marques à une jambe, Leflore se décide enfin à suivre la scientifique qui s'arrête près d'un gros débris en partie brûlé situé au milieu de tables, de chaises renversées et de pièces d'ordinateur fondues.

— C'est à cause de cette pancarte que le superviseur et Gorman m'ont ordonné de t'appeler.

Thompson en tombe presque à la renverse.

— Encore NuT4U ???

Les agents serrent les poings en lorgnant trois cadavres noircis devant eux. Furieux, Leflore donne un violent coup de pied à la pancarte.

— Team Omega a aussi frappé ici… Mais pourquoi ? Est-ce que c'était ces pirates qui avait la fille de la Congressiste ? L'agent spécial sursaute brusquement, alertant ceux à ses côtés. Non, elle étudiait en informatique à l'université… Donc, elle devait faire partie de ce foutu groupe de pirates, elle aussi, et se cachait parmi eux !!!

105

L'agent géant affiche soudain un visage colérique.

— Impossible, Leflore ! C'est même Maria qui les a éradiqués en faisant cuire leur centre de contrôle !

Leflore tourne lentement sa tête vers son acolyte.

— En es-tu certain, le grand ?

— Oh oui ! Nous avons même fêté cette belle victoire dans notre département !

La scientifique s'interpose en indiquant des groupes de techniciens qui s'attardent à des corps plus loin.

— Vous jouerez plus tard avec vos scénarios, les gars, parce qu'il y a plus important ! Les trois corps partiellement brûlés qu'il y a ici sont... des policiers !

— Ces salauds ont calciné des policiers, ce coup-ci ??? lâche à pleins poumons l'agent spécial qui tremble de fureur, faisant prudemment reculer d'un pas ses acolytes.

Un instant plus tard, le trio vogue de corps en corps. Leflore se penche sur un des fusils-mitrailleurs près de l'un d'eux.

— Ils sont en civil... avec des AR-15 ? Oh ! Ce ne sont pas du tout des armes réglementaires de la police ! Que faisaient-ils ici, alors ?

Un officier supérieur du NYPD s'approche.

— Vous avez bien deviné... Tous trois faisaient l'objet d'une enquête interne pour association avec un gang russe, leur apprend-il en indiquant l'un des décédés en particulier. De plus, celui-ci avait déjà été sanctionné pour piratage informatique, justement en relation avec ce groupe-ci !

Songeur, Leflore amène la main à son menton.

— Nous connaissons donc la raison pour laquelle ils étaient ici...

— Pour Maria, tu crois ?

— C'est trop évident, cette fois ! J'avais donc raison... Elle se cache avec eux !

Thompson grogne alors que l'officier de la ville est appelé plus loin.

— Non, je ne crois vraiment pas. Rappelle-toi que je la connais bien et qu'elle ne s'acoquinerait jamais avec des petits merdeux de leur genre. Jamais ! J'ai de plus en plus la nette impression qu'ils la détiennent captive... Elle doit plutôt leur servir de monnaie d'échange.

L'agent spécial semble accepter cette proposition. Il désire plus de profondeur dans cette avenue en faisant rouler ses doigts.

— J'ai lu son dossier et ce serait peut-être plus plausible en effet... Mais monnaie d'échange contre quoi ?

Cette fois, Leflore est craintif de la réaction de Thompson qui semble fulminer à l'avance.

— Sûrement contre l'accès à des milliers d'ordinateurs reliés entre eux... Le rêve de tout pirate... Et pour ces petits morveux, cette force de frappe combinée vaut beaucoup plus de dix millions s'ils s'apprêtent à foutre le chaos total dans notre société contre de gigantesques rançons !!!

Leflore jette un œil à sa montre qui résonne.

— Tu m'expliqueras ça dans la voiture parce que j'ai une réunion spéciale qui est prévue avec le superviseur dans quinze minutes.

L'agent spécial n'a pas le temps de se retourner qu'il reçoit une solide claque sur une fesse par la scientifique qui lui remet une carte professionnelle accompagnée d'un large sourire coquin.

— Si tu ne m'as pas encore rappelée, mon beau Marcus, c'est que tu as sûrement dû perdre mon numéro…

— J'ai simplement été trop occupé, France. Je te contacte dès que j'ai terminé cette enquête.

— J'ai presque envie de te croire…

▲

TRILOGIE DARK CIRCLE

△
-10-

LA MAISON SECRÈTE

Maria

La limo de Gaminosi démarre en trombe dès que je referme la portière… Presque sur la queue de Toutou à nouveau.

Il doit avoir un truc urgent à faire…

Avec un objectif bien précis en tête, j'approche de Greg qui sèche ses joues avec ses manches de veston.

— Où as-tu tué mon père ?

Il se raidit instantanément comme une barre d'acier.

— Pourquoi me demandes-tu ça, Petite Diavolo ?

Je lui montre mon avant-bras où sont bien visibles mes cicatrices des C entrelacés.

— Parce que j'ai vu où était mon bracelet sur la vidéo.

— Quoi ? C'est impossible ! Il doit certainement l'avoir mis dans un de ses

111

coffres, voyons… C'était son bien le plus précieux avec toi !

— Hé non… Il est sur son bureau, à la vue de tous.

Il ricane avant de recommencer à pleurer.

— Sacré Max… Il n'a jamais rien fait comme les autres ! Monte, on va y aller, dit-il en ouvrant sa portière. Et enlève cette foutue perruque de pute, par pitié !

C'est à mon tour de rire en contournant le véhicule tout en me débarrassant de cet odieux déguisement que j'enfouis dans ma poche ventrale. Je rigole du chien me précédant sur mon siège pour buter contre la figure de Greg, qui ne s'est aperçu de rien, avant qu'il s'étende sur la banquette arrière entre mes ancêtres qui ont simplement traversé les portes fermées.

Je me délecte un moment du luxueux intérieur en cuir tandis que nous sortons du sous-sol de l'immeuble. Dès que nous sommes à l'extérieur, il presse quelques boutons sur son volant et la radio s'allume.

— Tu ne montes pas, N'amour ?

résonne une voix de femme qui a un fort accent européen.

— Désolée, chérie... Je t'ai remplacée par une Petite Diavolo et nous avons une course à faire !

— Tu l'as enfin retrouvée ???

À cet instant, l'écran central s'allume sur un magnifique visage de femme blonde souriante.

— Dans notre garage, en plus ! Approche-toi un peu plus de l'écran, Petite Diavolo.

Le joli visage à l'écran s'illumine.

— Oh ! Ce que tu es belle en réel !

— Vous aussi ! je lui retourne sans attendre, et sans mentir non plus.

— Et tes yeux... Greg avait raison, ils sont vraiment superbes ! Dis, N'amour, où vas-tu ?

— Je retourne au bureau de Max. Nous avons quelque chose à y récupérer tout de suite. Je reviendrai dès que ce sera fait... Et je te parie que ma Petite Diavolo aimera bien sa maison secrète !

Maison secrète ?

— Pas de problème, je t'ai déjà en visuel, N'amour. Amusez-vous bien !

Et l'écran s'éteint sur celle qui me gratifie d'un clin d'œil coquin avant de faire place à une carte de la ville où une courte route vers le nord y est colorée.

Greg se tourne vers moi.

— Sais-tu que je t'ai poursuivie presque toute la journée ? Tu ne t'es vraiment pas ennuyée, dis donc !

— Pas vraiment, je dois avouer… Bien que j'aurais préféré que les choses évoluent autrement par moments !

Son regard songeur ne peut quitter mon avant-bras.

— C'est donc avec cette marque que tu as pu acquérir les dons de tireur de ta mère…

— Fort probable… Parce je te jure que c'était la première fois que j'utilisais une arme, aujourd'hui et, curieusement, on dirait que je ne manque jamais mon coup !

— Oui, c'est bien le terrifiant don de

ta mère…

J'entends une femme rire à l'arrière.

— Il le sait parce qu'il m'a déjà vue à l'œuvre, une fois. Tu aurais dû voir sa tête…

Ma mère aussi a déjà tué des mecs ?

À vrai dire, ça ne me surprend pas vraiment…

Je fais partie d'une foutue famille d'Assassins, après tout !

Nous ne rencontrons aucun feu rouge et bifurquons pour nous garer à l'extrémité du parking d'un gros restaurant italien. Je deviens subitement nerveuse.

Ce n'est pas une maison…

Mais j'y pense, je suis déjà venue ici avec mon oncle… père.

Leurs cannellonis sont à faire baver !

Greg me fait don de son plus beau sourire en me remettant une paire de verres fumés de type aviateur.

— Viens, Petite Diavolo. Je sens que tu vas adorer la façon d'entrer dans le quartier général du clan Barzetti.

Avec Toutou en éclaireur, qui renifle, et lèche presque chaque assiette qu'il rencontre, je leur file le train dans le restaurant à la clientèle haut de gamme jusqu'à une porte ornée d'un magnifique vitrail tout à l'arrière de l'établissement. Je souris au lion en son centre.

Est-ce que ce seraient les armoiries de mon père ?

Donc, les miennes aussi ?

Un homme âgé vient nous ouvrir avec une clé et un large sourire. Greg me fait signe de le précéder dans une jolie pièce bien décorée, mais avec une lumière trop tamisée qui m'oblige à enlever mes lunettes pour me permettre de m'émerveiller devant une somptueuse table avec pattes de lion dans un coin soutenant une magnifique statue d'allure romaine. En revanche, la gigantesque armoire antique sur le mur opposé me rend songeuse. Le vieil homme tire une chaise à la grande table en marbre régnant en maître sur la pièce et j'y prends place au moment où un jeune serveur apporte deux assiettes qu'il dépose sans un mot en face de nous avant de repartir avec celui qui nous a ouvert et qui referme derrière… En verrouillant.

Toutou qui grogne vers la porte me met instantanément sur le qui-vive.

▲

Alfred détale dans sa roulette.

▲

Ma main va derechef derrière mon dos.

Oh ! Que se passe-t-il, ici ?

Δ

117

Δ

Theresa

Au bar « Bad buddies », tous ceux autour de Theresa Rossini, la terrifiante tigresse de Chicago, sont sur le qui-vive, le couteau entre les dents et la rage au cœur, depuis qu'ils savent que tous leurs amis, ou membres de leurs familles respectives, sont décédés dans la poursuite qu'ils avaient entamée avec la fille à dix millions.

— C'est le diable en personne, cette gosse… lâche l'un des hommes sur un ton où son désir de vengeance est bien perceptible, tranchant comme la lame de rasoir avec laquelle il s'amuse. Je vais la découper en morceaux dès que je vais la voir, cette…

— Non ! tonne Theresa, faisant reculer l'homme dans sa chaise. C'est évident que quelqu'un de notre organisation l'a aidé à nous échapper depuis le tout début et je dois savoir qui c'est, car c'est lui, le véritable responsable de la mort de mes frères ! Ça va me faire un immense plaisir que tu la découpes en rondelles, mais pas avant que je l'aie torturée durant des jours pour la faire parler ! Alors, si elle est dans votre ligne de tir, les gars, ne faites que la blesser... parce que je la veux absolument vivante. Vous avez bien compris ? Vivante !!!

Le téléphone de Sargent sonne, faisant tressauter tous ceux à la table. Le colosse soupire dès qu'il aperçoit le nom affiché. Il hésite avant d'ouvrir la communication.

— T'as vraiment mal choisi ton moment pour m'appeler, Cousin ! Quoi ??? Elle vient de prendre le tunnel pour aller chez Barzetti ? Tu es certain que c'est bien elle ? Oh oui, tu seras foutrement bien récompensé, le jeune ! termine l'homme qui se retourne vers sa conjointe qui est déjà debout.

— Je savais bien qu'elle irait s'y cacher ! Mon père m'a dit comment entrer dans leur manoir sans être vue ! Je vais y aller seule... C'est maintenant personnel entre elle et moi ! Mais si elle est déjà repartie dans les tunnels avant que j'arrive, attendez-la dans le carrefour en empruntant l'entrée du trottoir devant le fleuriste,

119

comme je vous l'ai montré plus tôt sur mon écran ! Ne passez surtout pas par le resto, sinon ils risquent de les avertir ! Tu te rappelles bien du code pour ouvrir la porte, Bébé ?

Un baiser est la réponse et tous se précipitent à l'extérieur du bar en bousculant tout et chacun sur leur passage.

Δ

Δ

Maria

Greg, qui a certainement vu ma main s'emparer de la crosse dans mon dos, se lève calmement avec un doigt sur sa bouche.

— Sois sans crainte, tu vas vite comprendre, Petite Diavolo.

Il enfonce une longue clé fort complexe dans la porte de la grosse armoire qui pivote au complet par elle-même, sans qu'il n'y touche et presque sans aucun son. De la main, il me fait signe de le suivre dans de vieux escaliers en pierre descendant très profondément, tant que ça sent un peu le moisi et que l'on ne voit presque plus rien à partir d'un certain moment. Toutou a tout déboulé, en passant au travers nos jambes, mais il semble encore en forme parce qu'il nous attend sur le plancher avec son large sourire un peu idiot. Soudainement, plusieurs petites lumières s'allument au centre du plafond voûté en pierre recouvert d'un grillage, me montrant un long corridor délimité par une kyrielle de poutres en fer rouillé.

— C'est un ancien labyrinthe de

121

trafiquants d'alcool… Oui, ta famille y a fait fortune pendant la prohibition avant de se lancer à fond la caisse dans l'immobilier avec tout cet argent.

Après une dizaine de mètres, le corridor s'élargit soudainement pour devenir une pièce en forme de dôme où trois chemins sont visibles, dont un qui est bouché par un éboulis. Greg indique l'un d'eux de sa main.

— Sortie d'urgence… Mais l'entrée y est difficile d'accès sans se faire voir, raison pour laquelle ton père a acheté ce restaurant dans sa jeunesse.

Je ne peux que hausser les épaules avant de le suivre à pas rapides parce qu'il marche hyper vite avec ses damnées grandes pattes !

Mais un gros truc me démange depuis un moment.

— Dis, Greg, pourquoi t'es-tu associé à mon père, au lieu de ton oncle Gaminosi ?

Il prend une éternité à répondre.

— Ça s'est fait lentement. Au début, j'ai fait quelques petits boulots pour lui tout en bossant pour mon oncle... Mais lors de l'enterrement de ma femme et de ma fille, c'est le seul qui m'a vraiment démontré de la compassion. Mon oncle a été si froid envers ma peine ce jour-là !

— Tu as déjà eu une famille ?

— Oui, mais un accident d'auto me les a enlevées... Ma Petite diavolo aurait ton âge, aujourd'hui... Et c'est fou comme vous vous ressemblez ! Pour dire vrai, c'est elle que je vois chaque fois que je te regarde...

Ces dernières paroles ont été dites avec tellement de trémolos dans sa voix que je n'ose continuer plus le questionner à ce sujet, surtout qu'il vient d'essuyer son visage avec son revers de manche.

L'évidence s'affiche tout à coup en gros plan.

Il me considèrerait donc comme sa fille disparue ?

Et ce serait la raison pour laquelle il veut tant me protéger ?

Mes pensées sont vite coupées sur ce point parce que nous arrivons à un escalier en bois assez récent qui monte en ligne droite, entrecoupé de fréquents paliers. Je note aussi que l'éclairage est différent, beaucoup plus moderne que ce que j'ai vu depuis le début de notre interminable ascension qui nous mène à une cloison métallique. Greg me demande de le précéder et me montre un petit panneau électronique.

— Mets ton doigt sur le rond rouge au centre. Ça devrait fonctionner.

C'est un détecteur d'empreintes...

Comment les ont-ils recueillies ?

L'évidence me rattrape aussitôt.

J'ai passé plusieurs moments avec mon oncle... Père.

C'est tellement facile de prendre une empreinte sur un verre...

Un léger cliquetis retentit dès que j'y appose mon pouce et le panneau recule avant de pivoter sur lui-même avec un petit son électrique me donnant accès... sur le même ameublement de bureau qu'il y a au penthouse !

— Fais   attention   de   toujours

124

demeurer sur les tapis, Petite Diavolo.

Ne me posant pas de questions sur le pourquoi, j'avance lentement, dénotant une curieuse senteur que je ne prise pas tellement, genre trop vieux truc au frigo, alors que les luminaires du plafond s'allument.

Reproduction presque parfaite !

Hormis le bureau central qui est fort différent...

▲

Alfred devient une statue dans sa roulette.

▲

Beurk...

Et le cadavre dans le coin là-bas qui est aussi en extra !

Greg me dépasse pour se planter devant le bureau, entre les deux magnifiques chaises d'une autre époque, sans même jeter un oeil au cadavre sanguinolent derrière lui. Il serre ses mains sur son cœur comme s'il priait en regardant vers la base du bureau. Des larmes entourent ses yeux.

— Je l'ai enfin retrouvée, Max… Et je te jure à nouveau de la protéger jusqu'à mon dernier souffle !

Mon oncle est derrière ce bureau ?

Je m'approche lentement à mon tour. Greg se précipite pour me retenir.

— Ne va pas là, Petite Diavolo… Prends ton bracelet et sortons d'ici.

Nos regards s'affrontent.

— Désolée, mais je veux lui parler, moi aussi !

Un lourd soupir est sa réponse et je le contourne sans qu'il bouge en ne jetant qu'un œil vers le cadavre qui a la poitrine ensanglantée se reflétant sur le plancher lustré comme un miroir au fond de la pièce, là où le superbe tapis sous nos pieds s'arrête.

Je me recroqueville en face de mon père biologique en m'emparant de sa grosse main, qui bouge à peine car elle est froide, sans vie, et déjà en condition de raideur cadavérique. Je n'en ai cure et je restreins même ma petite nausée devant la traînée de sang partant de son front à son abdomen.

J'entends les sanglots de Greg s'éloignant jusqu'où nous sommes arrivés pour nous laisser un peu d'intimité.

— Tu aurais dû me dire plus tôt qui j'étais… Et que tu étais mon vrai père ! Je t'aimais, tu sais ! Tout aurait été tellement différent… Pourquoi diable m'as-tu caché cela tout ce temps ?

— Ça t'aurait trop mis en danger, Petite Diavolo… Je t'expliquerai plus tard, me surprend Greg. De toute façon, il était censé te l'avouer bientôt… Parce qu'il avait déjà prévu de te dire, et même de te donner vraiment beaucoup de choses reliées à notre organisation, cette année !

Ah oui ?

Il m'aurait tout déballé ?

Mais pourquoi durant cette année en particulier ?

Pourquoi ne l'a-t-il pas fait avant ?

Je ne comprends pas ses raisons…

▲

Δ

-11-

THERESA

Maria

J'aimerais en savoir plus et j'étire mon cou pour voir l'homme près de l'entrée encore ouverte où nous sommes arrivés, mais il me fait dos. Il se tourne lentement vers moi. Nos regards se croisent durant un moment, le sien tellement triste qu'il me coupe toute envie de le questionner davantage, avant qu'il sorte en silence par la porte principale du bureau qui donne sur un majestueux escalier en bois qui sépare les étages, cette pièce semblant être située au milieu de cette maison. Toutou suit Greg qui disparaît vers le niveau inférieur... et je l'entends encore débouler les marches, ce qui m'amuse, je dois avouer.

Δ

Δ

Theresa

Sans un bruit, Theresa Rossini se glisse difficilement dans la minuscule fenêtre du sous-sol pour retomber sur le béton du plancher en roulant sur elle-même à l'atterrissage. Elle se retranche derrière un muret, tous sens aux aguets.

Ils ne m'ont pas entendue... se dit-elle avec une certaine pointe de fierté avant d'emprunter l'escalier menant au rez-de-chaussée où son père lui a assuré qu'il s'y trouvait un petit monte-charge à cordes. Arme au poing, elle monte sur la pointe des pieds pour coller son oreille à la porte qu'elle ouvre dès qu'elle est certaine d'être seule à ce niveau. Son sourire démoniaque prouve à quel point elle est heureuse qu'il y ait des voix à l'étage.

Ils sont encore ici...

Elle analyse les environs en une seconde.

Pourquoi emprunter le monte-charge poussiéreux alors que je peux tout simplement prendre l'escalier ?

Mais elle n'a fait que deux pas vers le coin visible de la rampe lorsqu'elle remarque une petite lumière rouge dans l'ombre, près d'une grosse moulure en bois, ce qui l'arrête instantanément.

Ils ont des liens laser... Sûrement aussi des détecteurs de mouvements dans les endroits ouverts. C'est donc pour cette raison que Père disait que la seule façon de se rendre à l'étage du bureau était par ce foutu monte-charge !

Elle revient lentement sur ses pas pour grimper dans l'élévateur manuel du siècle dernier qui est assez grand pour qu'elle n'ait que la tête penchée. Sans attendre, elle tire sur les cordes, réalisant rapidement que cette montée sera tout de même physiquement difficile.

Faut vraiment que je perde quelques kilos...

Δ

Δ

Maria

Je lâche la main glacée de mon père avant de m'emparer de la lampe qui renferme la conclusion de ma quête. J'examine le bracelet, tentant de trouver une façon de l'extraire, mais je dois me rendre à l'évidence.

Il faut sûrement que je dévisse le socle pour y avoir accès.

Contre toute attente, la pièce de marbre tourne aisément sur elle-même et un instant plus tard, j'ai mon trésor en main.

— Ne le met surtout pas ! crient ma grand-mère et ma mère en même temps.

Δ

Δ

Theresa

Dès qu'elle arrive au second étage, Theresa s'accorde un petit moment pour souffler. Elle en profite pour frotter ses mains meurtries par les débris de la vieille corde avant de très lentement faire glisser la porte coulissante devant elle, ce qui lui permet d'entendre quelqu'un descendant l'escalier.

Oh non... Il ne faut pas qu'ils s'en aillent !

Pas question qu'elle m'échappe, cette garce...

J'ai trop besoin d'elle !!!

Décidée, elle sort prestement de son cagibi et contourne la table de billard sur la pointe des pieds, en route vers le majestueux escalier qui lui donne une vue partielle sur une grande pièce où le bois est maître, mais surtout sur une jeune femme qui lui fait dos.

C'est elle !

Même si j'ai une folle envie de lui faire sauter la cervelle, je n'ai pas le droit

133

de la tuer si je veux retrouver les assassins de mes frères...

Grr ! Pas le choix de viser l'épaule, donc.

Δ

Δ

Greg

D'un geste mécanique, Gregorio ferme l'interrupteur qui coupe le circuit des divers détecteurs du rez-de-chaussée avant de descendre lentement vers la salle de bain.

Le colosse en profite pour s'y passer un peu d'eau froide dans le visage, mais il est pris de remords envers la terrible épreuve qu'il fait subir à sa jeune protégée et il s'adosse à l'extrémité de la rampe avec la tête basse.

— Désolé, Petite Diavolo… Je ne voulais tellement pas que ce soit ainsi avec ton père et…

Exaspéré envers lui-même, il soupire lourdement avec sa main sur son visage.

Entre ses doigts, son regard s'arrête sur des traces dans la poussière du plancher tout près de lui, entre la porte pour le sous-sol et le monte-charge.

Ses yeux effrayés lèvent prestement vers le plafond.

— Des pas dans la poussière ! hurle-t-il en montant les marches deux par deux avec son arme déjà au poing. Cache-toi tout de suite, il y a une autre personne dans la maison !

Δ

Δ

Theresa

Theresa Rossini aligne son arme au travers des barreaux, et ce, même si elle est gênée par le gigantesque pot de fleurs séchées qui ne lui donne qu'une toute petite fenêtre de tir.

— Des pas dans la poussière ! hurle un homme à l'étage inférieur, ce qui fait tant sursauter Theresa qu'elle fait presque tomber le pot à son côté. Cache-toi tout de suite, il y a une autre personne dans la maison !

Oh non... Pas question qu'elle se sauve !

Et elle tire aussitôt vers l'épaule de la jeune femme... qui se retourne à ce moment.

Grr... Manqué !

Sans attendre, et en dépit du gros pot de fleurs qui la gêne énormément, Theresa se positionne sur la pointe des pieds afin de tirer par-dessus parce que sa cible est maintenant près du sol.

Elle fait feu une seconde fois sur celle

qui a maintenant une arme dans les mains et se déplace sans cesse.

Je l'ai eue, cette fois !

Δ

Δ

Maria

— Des pas dans la poussière ! hurle au loin Greg dont les pieds résonnent fortement dans l'escalier, me faisant me retourner vivement au moment où un chuintement me fait sursauter ! Cache-toi tout de suite, il y a une autre personne dans la maison !

Je le sais déjà !

— Elle est derrière la rampe ! hurlent mes ancêtres, de concert.

▲

Alfred arbore des lunettes d'approche dans sa roulette.

▲

Sans attendre, je lâche le bracelet pour me recroqueviller aux pieds de mon père avec déjà mon arme au poing, visée laser en fonction qui pointe partout alors que je déplace sans cesse mon torse de gauche à droite à la recherche de ce tireur qui doit sûrement se cacher dans l'ombre derrière la rampe. Le feu qui sort à nouveau d'un canon, me manquant encore près de l'épaule, mais celui-ci est passé tellement près de mon épaule qu'il a troué mon manteau ! En retour, je connais maintenant précisément la position du tireur et la seconde suivante, j'ai un sourcil sous le point rouge. Je presse la détente au moment où Greg apparaît dans l'escalier qu'il monte à toute allure alors qu'un gros bruit sourd résonne sur le plancher. Un long automatique passe par-dessus la rampe et virevolte presque à la figure du géant qui se baisse d'instinct en pointant son flingue dans toutes les directions alors que je me lève avec le laser toujours visible sur la tête immobile de l'ombre du tireur retranché derrière les baratins de l'escalier menant à l'étage supérieur.

J'avance lentement avec tous mes sens en alerte rouge, mais une chevelure ensanglantée qui apparaît lentement sous cet angle, coincée entre un mur et la rampe, tempère mon instinct de tueur alors qu'un gros pot de fleurs nous nargue en roulant sur le plancher pour buter contre le corps à présent inerte. Greg, toujours sur le qui-vive, se précipite pour mettre son corps partiellement entre moi et la porte. Dès qu'il aperçoit la tête trouée, il s'effondre presque sur le tapis.

— C'est Theresa ???

— Tu la connais ?

Il baisse la tête, prends une éternité à répondre.

— C'est une Rossini, mais c'est aussi ma belle-sœur par alliance... C'était. Basta ! Comment vais-je annoncer ça à Taty ?

Vrai qu'il est devant la pire chose possible à dire à sa dulcinée : j'ai aidé à faire descendre ta belle-sœur que tu aimais tant !

Lentement, il se tourne vers moi.

— Que ferais-tu à ma place ?

Et il me demande ça à moi ?

▲

Alfred semble bien embêté dans sa roulette avant d'y courir à toute vitesse.

▲

À bien y penser...

— C'est moi qui l'ai tuée, c'est donc moi qui vais le lui annoncer !

Greg esquisse un curieux sourire que

je ne peux déchiffrer.

— Max savait bien que tu serais imbue de sagesse… Je te dirai pourquoi plus tard. C'est délicat… Nous devons vite partir d'ici parce que si elle a trouvé notre planque, d'autres imbéciles de son clan de dingues vont probablement suivre sous peu !

Il marche rapidement en sortant un livre de son veston que je reconnais sur-le-champ.

— Hé ! C'est le bouquin que j'avais perdu !

— Notre journal ! s'énervent ma mère et ma grand-mère d'une seule voix.

— Oui, j'ai vu que tu l'avais perdu. J'étais juste derrière vous à ce moment !

Donc, c'est vrai qu'il m'a suivie partout…

Il déplace une boiserie qui donne accès à une serrure identique à celle de la porte où nous sommes arrivés et une partie des armoires pivote, montrant un revers de mur hyper poussiéreux et un très vieil escalier.

Jamais je n'oserais descendre par là sans vérifier la validité de mon assurance-vie !

Il s'avance d'un seul pas pour s'emparer, avec le bout de ses doigts, d'un curieux outil qui ressemble à un tournevis avec une grosse poignée reposant sur un morceau de bois tout en haut de sa tête.

Je serais bien incapable de me rendre là...

Avec précaution, il insère la tige dans un nœud de bois et un large panneau coulisse sans un son pour montrer un gigantesque coffre-fort moderne qu'il ouvre rapidement avec un lecteur rétinien en plus de l'habituelle grosse roulette de chiffres. Un instant plus tard, le journal de mes ancêtres est bien rangé sur une tablette où il y a une multitude d'autres bouquins ou documents avant qu'il me présente une large liasse de billets qu'il a sorti de son veston.

— Attrape ! me dit-il en me la lançant avant de faire de même avec une boîte en carton... qui est beaucoup plus lourde qu'il n'y semblait de prime abord et qui m'a fait

143

mal à un sein parce que je l'ai reçue en pleine poitrine. Ce sont des balles pour cette arme, Petite Diavolo. C'est la seule place où tu vas pouvoir en trouver. Longue histoire… Que je te raconterai plus tard.

Comme d'habitude…

Je devrais me faire une liste des trucs qu'il doit me dire plus tard !

Il referme le tout avant de se précipiter vers l'endroit où nous sommes arrivés. Les panneaux pivotent et s'ouvrent à nouveau rapidement.

— Vite, la petite ! Il faut partir d'ici tout de suite !

Dès que je passe la porte dissimulée, Greg referme derrière moi en me disant de presser le pas vers le restaurant. Nous n'avons même pas encore atteint le carrefour des souterrains qu'il sursaute.

— Le téléphone de Theresa ! Basta, je l'ai oublié ! rage-t-il en allongeant le bras vers la sortie. Continue sans moi et va t'asseoir à notre table du resto. Je vais arriver dans moins de dix minutes.

Au même moment, je recule devant

un rat qui passe près de nous à toute vitesse. Toutou se précipite aussitôt à sa poursuite, ce qui me rire.

— Pourquoi ris-tu, Petite Diavolo ?

— Aucune raison…

Vraiment pas évident de vivre avec des fantômes…

— Ah, les jeunes d'aujourd'hui… grogne-t-il en s'éloignant au pas de course alors que je continue d'avancer avec une certaine nonchalance vers le restaurant, ma mère-fantôme menant la marche tandis que ma grand-mère la ferme derrière.

— Tu l'ignores peut-être, Leonessa, mais l'une de mes grandes forces est de faire des plans tordus… Et ils fonctionnent à tout coup, se vante ma grand-mère, dans mon dos.

— Presque, ajoute ma mère. Ton dernier a joliment foiré !

— C'est le seul sur une centaine ! Oublions ce léger détail et dis-toi que j'ai bien songé à ton idée de te tuer afin de changer de nom. J'ai trouvé une belle combine et c'est ton Paul qui va le plus nous

145

aider à le réaliser… sans qu'il le sache !

Je jette un œil derrière au sourire malicieux.

— Et comment va-t-on faire ça ?

Elle me fait simplement signe de continuer à marcher alors que ma mère, qui arbore à présent un visage dur, va rejoindre la sienne.

— N'oublie pas qu'elle n'a pas notre expérience, Mère !

— L'expérience de terrain ne sera pas nécessaire… Mais en premier, j'aimerais que tu me confirmes que ton Paul ne t'a personnellement vu descendre personne… Absolument aucun de ces enfoirés ! Penses-y bien, c'est l'essence même de mon plan !

▲

Alfred se gratte le menton dans sa roulette.

▲

Je me creuse aussitôt la cervelle, revoyant en mémoire les dégoûtantes scènes de tuerie les unes après les autres.

— Non… Enfin, je ne crois pas qu'il ait vu quoi que ce soit… Et ce qu'il a vu, il ne pense pas que c'est moi qui en suis la cause directe.

— C'est bien ce que je croyais et c'est ce qui m'a donné cette idée. Alors, tu vas créer une diversion lorsque tu attaqueras le Conseil du Dark Circle : tu te feras faussement enlever… et tuer, évidemment ! Et c'est Leonessa Barzetti, ta jumelle, qui va prendre ta place en tant que Principessa le lendemain ! C'est simple, non ?

— Pas du tout, Mère !

En proie à une véritable crise de nerfs, je pivote vivement vers ma grand-mère.

— Vous trouvez que c'est simple ? Plein de choses peuvent arriver entre ici et là ! Avez-vous pensé à…

▲

147

△
-12-

UN POIGNARD

Maria

À ce moment, deux hommes sortent de derrière des poutres de soutien pour me sauter dessus et l'un d'eux, un colosse, me flanque un gigantesque poignard sous la gorge avec une grosse main sur la bouche tout en me soulevant par la tête qu'il est sur le point d'arracher pour me traîner jusqu'à la petite salle en dôme tout près où nous attendent deux autres lascars avec des révolvers.

— Tu dis un seul mot et je t'égorge, gamine !

Il va me tuer de toute façon...

Je vaux dix millions, tout de même !

— Des pas de course, les gars… Vos gueules ! chuchote l'un d'eux. Ce doit être Linati qui arrive ! Que veux-tu qu'on fasse, Sargent ? C'est ton beau-frère, après tout…

— Je m'en fous ! Descendez-le dès qu'il arrive en vue, les mecs ! ordonne celui

149

qui me tient en murmurant son ordre.

Toute une famille !

Les trois hommes libres pointent leurs armes vers le corridor. L'un d'eux tire sans attendre, le tonnerre de la détonation résonnant longtemps dans la petite pièce en dôme.

Non, ils n'ont pas le droit de le tuer aussi lâchement !

Il n'en est pas question !!!

▲

Mon hamster rugit en arborant à présent une tête de lion.

▲

Et prise d'une terrible colère, je mors la main plaquée sur ma bouche jusqu'au sang tandis que mon talon frappe sa cheville qui craque en même temps que mes mains tentent d'éloigner le bras de ma gorge, mais l'homme ramène encore son foutu poignet devant mes dents et je le mords de nouveau de toutes mes forces en lui arrachant un hurlement de douleur, qui lui fait lâcher son poignard qui virevolte dans les airs. Comme un éclair, je m'en empare au vol en pivotant vivement sur moi-même tout en balayant rageusement le cou devant moi pour continuer mon mouvement vers la poitrine de celui s'étant retourné près de nous que je frappe avec mes deux mains sur le manche avant d'aussitôt lancer cette lame vers le dernier qui le reçoit dans un œil pour s'écraser sur son copain qui tire dans le plafond juste au-dessus de moi, mais il n'a pas le temps de se relever que sa cervelle explose parce que j'ai déjà mon arme chromée au canon fumant en main.

Le soudain silence n'est brisé que par le dénommé Sargent, le beau-frère indigne, qui se lamente à mes pieds en tenant sa gorge ensanglantée d'une main, son autre cherchant frénétiquement quelque chose dans son veston de cuir.

Il veut me tuer avant de crever !

Sans attendre, j'aligne mon pistolet sur son front et tire.

Clic !

— Oups…

Son bras avec son arme sort de son manteau à cet instant et, mue par un autre instinct de survie que je ne me connaissais pas, je saute prestement dans sa direction avec un pied sur son avant-bras pour écarter son révolver qui tire dans le vide tandis que le talon de mon autre espadrille s'écrase sur sa mâchoire, faisant brusquement tourner sa tête de près d'un demi-tour. Dans l'enceinte de pierre, le son du craquement des vertèbres résonne en écho, lugubre, sordide, terminal.

Ce gorille-ci ne tuera plus jamais personne !

Δ

Δ

Greg

À la hâte, Gregorio se lance sur sa belle-sœur pour la soulager de son téléphone. Il se précipite vers la sortie, lorsque quelque chose de brillant attire son regard sous le bureau.

— Basta ! Elle a laissé son bracelet ici ???

Le géant grogne furieusement et s'en empare pour le fourrer dans ses poches avant de reprendre le chemin du restaurant au pas de course.

— Il n'y a pas à dire, elle va finir par me remettre en forme, celle-là.

Tout à coup, une détonation et un bruit de projectile passant près de sa tête l'obligent à se mettre à l'abri derrière une colonne.

— Ma Petite Diavolo… Non ! Je dois la protéger !

Et avec son arme au poing, il détale comme un forcené vers la salle des couloirs en s'abritant le plus possible derrière les montants de métal rouillés. Il s'arrête dès qu'il a vue sur une scène qui le stupéfie alors que sa protégée, longue dague à la main, égorge vivement son beau-frère d'un geste de danse fluide, presque poétique même, pour continuer son mouvement en poignardant un homme au cœur avant qu'elle se retourne comme un éclair en lançant avec force son long couteau dans le visage d'un autre qui tombe sur le dernier dont le révolver fumant tire dans le vide… avant que sa tête explose la seconde suivante.

Le regard abasourdi de Gregorio, qui n'a même pas eu le temps de mettre en joue qui que ce soit, dévie lentement vers la jeune femme au visage éclaboussé de sang qui tient un long automatique chromé en main alors qu'elle se retourne vivement vers le premier qu'elle a égorgé, son beau-frère, pour lui donner le coup de grâce, mais son pistolet n'a plus de munitions et le blessé en profite pour sortir un révolver pendant qu'elle effectue un curieux mouvement d'arabesque où elle saute avec une de ses jambes sur son bras qui tire dans le mur avant qu'elle lui casse le cou de son autre pied pour atterrir dans une position qui lui rappelle étrangement celle d'un félin assoiffé de sang qui se retourne brusquement dans sa direction.

Gregorio demeure un instant médusé, complètement dépassé par le triste spectacle de quelques secondes ayant eu lieu devant ses yeux qui ne peuvent croire ce qu'ils viennent de voir en direct.

Basta... C'était l'œuvre du véritable Diavolo en personne !

Son regard ahuri fait le tour de la scène du massacre-éclair avant de revenir dans les yeux bleus qui lui font à présent face avec deux armes pointées sur sa tête.

Oh ! Elle ne peut plus s'arrêter de tuer...

En panique, l'homme recule.

— Non, non ! Ne tire pas, Petite Diavolo ! C'est moi, Greg !

Δ

Δ

Maria

Un léger bruissement derrière me fait me retourner vivement en sortant mon deuxième pistolet de mon dos que je pointe en même temps que celle qui n'a plus de balles vers la tête… de Greg, retranché près de l'embouchure de la petite pièce et qui semble abasourdi avec son arme vers le sol.

Il dégèle brusquement en reculant d'un pas.

— Non, non ! Ne tire pas, Petite Diavolo ! C'est moi, Greg !

— Évidemment que je sais que c'est toi… Je pensais simplement que c'était un autre membre de cette bande de rapaces qui voulaient ta peau !

— MA peau ?

— Oui, ils voulaient tous te tuer !

Il s'attarde aux hommes au sol avant que son regard monte vers le mien.

Nous demeurons une éternité ainsi, immobiles, songeurs, ne sachant que dire, avant qu'il secoue sa tête en rengainant son arme.

À quoi pense-t-il ?

Je n'arrive tellement pas à le cerner, cette fois...

— Je ne suis vraiment plus certain que tu aies besoin de moi pour te protéger.

— Es-tu sérieux ?

Il me montre un par un les cadavres ensanglantés au sol.

— Basta ! Veux-tu que je te donne une meilleure preuve ?

— Va au diable, Greg !

— Je suis peut-être déjà en sa compagnie... murmure-t-il pour lui-même en passant à côté de moi pour continuer sa route vers le restaurant d'un pas décidé sans un seul regard dans ma direction. Elle n'est plus une Petite Diavolo, mais plutôt la vraie !

Je suis furieuse envers son attitude et ses mots... Qui sont peut-être plus près de la vérité que je n'ose le penser.

— Ils ont tenté de me tuer, Greg... C'était mon droit de me défendre !

157

Mon dernier commentaire n'a pas semblé effleurer sa carapace de mafieux endurci et nous continuons à marcher en silence.

Ma grand-mère affiche un large sourire alors qu'elle se dandine à mes côtés en esquissant de petits pas de danse avec le corps à moitié dans la pierre.

— Tu as au moins quelque chose de moi… Savais-tu qu'on m'appelait 'Ursula la lame', quand j'étais jeune ?

Je m'en fous, Grand-mère !

C'est dingue… Je viens encore de tuer !

Pas de loin, cette fois, mais trois directement de ma main !

Hé, j'y pense…

Le sang que j'ai fait gicler partout ne m'a fait aucun effet…

Alors que j'aurais dû vomir toutes mes tripes une par une !

Mes épaules s'effondrent bien bas, autant que mon lourd soupir.

Faut croire que je m'y habitue après

une telle journée...

Et j'ai la curieuse impression que ce n'est pas un bon signe.

▲

TRILOGIE DARK CIRCLE

△
-13-

SAUVÉE PAR UN DIEU

Maria

Ma mère-fantôme, qui affiche un curieux sourire que je qualifierais de malin, s'approche en indiquant ma joue.

— Tu as du sang sur ce côté de visage. Enlève-le avant de sortir des tunnels.

Pas ça en plus ?

Désabusée, j'utilise mon revers de chandail pour tenter de me nettoyer. Elle m'indique quelques endroits oubliés et je reçois son pouce en l'air juste avant de que nous traversions enfin l'armoire où je réalise que j'ai une faim de loup dès que j'aperçois les assiettes sur la table. Je reprends ma place à la table en m'emparant de ma fourchette que je plante dans mes pâtes avec une crevette en sus.

Je n'ai pas le temps de l'approcher de ma bouche que Greg lui flanque une claque qui la jette au sol.

— C'est quoi, ton problème ? Je n'ai même plus le droit de manger, à présent ?

— Si les Rossini nous attendaient là-bas, c'est parce que quelqu'un d'ici les a avertis ! Alors, qui te dit que ces fruits de mer ne sont pas empoisonnés ? Ce serait si facile de le faire...

Meg ! Cette fois, il a un point !

Il s'empare de son téléphone et demande au propriétaire de venir le voir dans la pièce. Dès que l'homme s'assoit, Greg lui raconte sans détour les dernières péripéties.

Le vieil homme sourit avec malice en posant sa main sur l'épaule de... de mon nouveau garde du corps.

— Je m'en occupe personnellement, Big Greg. Le problème sera réglé de façon définitive dans moins d'une heure !

Ses intentions sont claires...

Greg m'oblige à remettre mes verres fumés que j'avais laissés sur la table durant notre petite escapade et en silence, nous suivons le patron à l'extérieur de la pièce qu'il verrouille derrière nous.

Au passage près d'une grande table, je dois m'excuser auprès d'un homme avec une centaine de kilos en trop que j'ai bousculé lorsqu'il s'est levé de chaise pour se déplacer juste devant moi, me faisant presque perdre mes verres.

Δ

Δ

Shanjia et Brahmi

La jeune et jolie Shanija, récemment arrivée d'Inde, est abasourdie dès qu'elle reconnaît les gens qui l'appellent autour d'une grande table dans le chic restaurant italien près d'où elle demeure en secret.

— Toute ma famille est là ? Mais pourquoi ?

Elle est tentée de rebrousser chemin, se doutant de la suite, ayant justement quitté son Delhi natal à cause de ce qu'elle appréhende tant en ce moment. Un homme entre dans l'établissement derrière elle et lui enserre les épaules.

— Te voilà enfin, ma fille. Viens avec nous à la table. Nous avons une belle surprise pour toi.

Sous l'emprise de son père, bien vêtu avec de bonnes épaules, et qui ne lâche pas sa proie, elle n'a d'autre choix que de suivre le mouvement jusqu'à une chaise reculée par un homme fort grassouillet, au large sourire, aisément du double de son âge, comme en témoignent ses tempes grisonnantes et son costard d'une autre ère, recule.

La dame à son côté, recouverte d'un costume traditionnel de son pays, l'embrasse sur une joue en lui présentant celui qui l'a accueillie.

— Nous allons t'aider à préserver nos coutumes ancestrales, même si tu vis maintenant en Amérique, ma fille.

Shanjia s'enfonce dans son dossier avec un visage apeuré, près de l'effroi.

— Non… Non, non, non, Mère ! Je sais ce que tu veux faire et je m'y oppose parce que…

— Nos traditions ne te donnent pas le droit de refuser et nous savons que tu seras heureuse avec Brahmi, le mari d'une famille noble que nous t'avons choisi, et qui a un bon travail ici, en Amérique.

Elle se tourne vivement vers l'homme qui doit faire le triple de son poids. Elle en perd le souffle lorsqu'il lui présente une boîte de bague ouverte. Le prétendant s'empare délicatement du bijou, un simple anneau au métal fort luisant, qu'il tient au bout de ses doigts.

— Étant donné que nous vivons tous deux en Amérique, il est de coutume dans ce pays de se déclarer notre amour à venir de cette façon.

Devant la future fiancée hébétée, il se lève pour s'agenouiller, mais il est heurté de plein fouet par une jeune femme passant entre les tables d'un pas rapide. L'homme tombe à genoux en échappant son bijou qui roule entre les pattes de chaises sous la table...

Pour disparaître dans une bouche de ventilation sur le plancher près du mur.

La dame qui semble pressée remonte ses verres fumés sur ses yeux bleus royal, qui ravissent Shanjia, et elle s'excuse avant de quitter l'établissement presque au pas de course pour suivre un autre homme au gigantesque physique tandis que son prétendant rampe sous la table, s'attirant des commentaires désobligeants de tous les convives.

— Non... La bague est tombée dans ce tuyau ! grogne-t-il en sourdine, sous la nappe.

Shanjia sursaute avec un sourire avant de se lever brusquement pour faire face à ses parents avec un visage maintenant dur.

— Réalisez-vous que ce sont nos dieux qui viennent de vous envoyer un message très clair ? Ils ne veulent pas que je me marie ! Retournez à Delhi, à présent, et laissez-moi vivre ma vie au vingt et unième siècle ! Je me suis justement enfuie jusqu'ici pour ne plus avoir à subir vos débiles coutumes millénaires à la con !

Le père et la mère de la presque fiancée échangent un regard résigné. Longtemps, ils demeurent silencieux avant que l'homme baisse la tête en soupirant.

— Oui, je crois que le message était clair et…

— Merci ! lâche la jeune femme au visage furieux qui quitte prestement le restaurant, mais dès qu'elle rejoint le trottoir, elle soupire en saluant celle qui a bousculé son prétendant et ainsi sauvé sa nouvelle vie qu'elle chérit tant.

167

Je n'ose imaginer leurs réactions s'ils avaient su que je suis déjà en couple avec une Arabe qui s'est sauvée de son pays pour les mêmes raisons que moi... Et que le boulot que je me suis trouvée ici est de poser pour une compagnie de sous-vêtements !

Merci de m'avoir aidée, chers Dieux bienveillants !

Δ

Δ

Maria

Dans la voiture, Greg me sourit malicieusement en reprenant la route.

— Tu n'aurais pas oublié quelque chose au manoir de ta famille ?

— Non, je ne crois pas. J'ai... Meg ! Le bracelet qui a roulé sous le bureau !!!

Il éclate d'un rire franc avant d'insérer la main dans son veston pour en sortir le bijou de cuivre.

— Ne le laisse plus traîner, s'il te plaît... Tu le mettras sur ton bras en arrivant chez Taty.

Cette nouvelle me fait sursauter.

— Ta Taty est bien la sœur du mec qui vient de tenter de m'égorger ?

Il me jette un regard en coin tout en ricanant.

— Oh ! Elle est complètement à l'opposé de sa famille de dingues ! Dis-toi simplement que ton père l'avait tellement en haute estime qu'il en a fait depuis cinq ans sa principale « Consigliere » pour la

169

région… Elle sait tout, est au courant de tout. Tu vas l'adorer, toi aussi ! dit-il en pressant quelques touches sur son volant. Hello, Chérie. Pourrais-tu venir chercher Diavolo à l'ascenseur du parking, s'il te plaît ?

Tiens, je ne suis plus sa « Petite Diavolo » ?

Mais sa « Diavolo » tout court, à présent ?

Pas bon signe…

— Tu as autre chose à faire ce soir, N'amour ?

— Oui, durant une bonne partie de la nuit, même… Demande à Alberto de venir me rejoindre chez Vince avec deux équipes complètes, s'il te plaît… et aussi avec un plombier.

— Deux équipes ? Vraiment ?

— Oui, plus un conteneur à déchets. J'ai eu une bonne idée, plus tôt…

— J'ai appris à me méfier de tes mauvaises bonnes idées, N'amour !

— Celle-ci est parfaite pour cette

situation un peu… chaotique. Aussi, lorsque tu seras avec la petite, fais tout ce qu'elle te demandera de faire. C'est important et je t'expliquerai à mon retour.

Il ferme la communication.

▲

Alfred a cessé de tourner et amène sa patte sous son menton.

▲

— Quelle idée ? Idée à propos de quoi ?

— Comment donner une sépulture décente et en toute légalité à ton père… tout en me débarrassant de façon originale de la montagne de macchabés que tu as laissés derrière toi depuis une demi-heure !

Je grogne alors que nous prenons la rampe d'accès pour le parking souterrain, notant au passage une gigantesque pancarte « À vendre » devant l'immeuble que je n'avais pas remarquée à ma précédente arrivée.

— N'exagère pas, Greg ! Il n'y en a pas tant que ça, tout de même !!!

Le pire est que je sais trop bien qu'il

n'exagère pas du tout... Parce que justement, il y en a beaucoup !

Et j'ai droit à un regard empreint d'une certaine terreur de l'Italien format géant avant qu'il me demande la liasse de billets qu'il m'avait lancé à la maison où repose mon père.

Dommage... Je croyais que c'était pour moi, parce que je suis une gentille fille qui vient de lui sauver la vie !

▲

△
-14-

TATY

Maria

Dans le parking souterrain, la cloche de l'ascenseur sonne au moment où Greg démarre en trombe, me laissant seule avec mon bracelet dans la main. Une jolie blonde platine souriante de très grande taille me fait signe de venir l'y rejoindre.

Étant face à une inconnue, les spectres de mes ancêtres m'y précèdent afin qu'ils m'avertissent en cas de coup fourré. Devant leur silence, j'avance sans arrière-pensée avec Toutou sur les talons tout en insérant le bracelet dans ma poche ventrale, déjà fort occupée avec le rouleau de billets des violeurs tout emmêlé dans les poils de ma perruque et la boîte de balles qui pèse une tonne.

Dès que je passe la porte, la dame allonge un bras vers le panneau de contrôle où pend une clé, tandis que son autre, portant une gigantesque montre connectée dernier cri, se tend dans ma direction avec un sourire élargi.

— Bonjour… Petite Diavolo, comme aime bien t'appeler mon Greg. Je suis Tatiana… Taty pour les amis.

Je ne lui dirai sûrement pas que selon son Greg, je suis devenue une « Diavolo » adulte…

Les portes se referment, nous isolant du reste du monde.

— Maria… Où m'emmenez-vous ?

— Chez moi. À moins que tu ne désires visiter un peu avant qu'on monte tout en haut ?

▲

Alfred repart à pleine vitesse.

▲

Je dois demeurer incognito…

— Non, merci. Je préfère l'anonymat… si c'est possible dans mon cas !

Elle éclate de rire en ne quittant pas mon regard.

— C'est vrai que tes yeux sont Wow ! Tu dois vraiment avoir un essaim de beaux mecs à tes trousses !

— Un peu trop… De toute façon, ces trolls ne désirent que mon corps… Et tous les autres veulent me le trouer !

Grr ! C'est sorti tout seul !

La dame ricane.

— Sois sans crainte, je sais très bien ce que c'est d'être un objet de désir sexuel.

Vrai qu'elle est super canon, cette Taty !

La cage d'ascenseur ralentit et les portes s'écartent sur un corridor presque identique à celui menant au logement de mon père que j'ai visité plus tôt près de Central Park. Elle s'empare de la clé sur le panneau de contrôle, où je remarque qu'il y a plusieurs autres endroits pour en insérer, et elle me guide vers une porte qui s'ouvre par elle-même à son approche, ce qui me met sur mes gardes.

— Qui d'autre est ici ?

— Personne… Oh ! Je sais ce que tu penses, mais non, c'est une porte automatique qui est actionnée par ma montre.

Bien pensé...

J'entre dans le logement à sa suite en notant l'épaisseur de la porte qui doit faire près d'une dizaine de centimètres et qui se referme lentement derrière moi sans que je lui touche. Elle lance nonchalamment ses clés sur une superbe desserte en pierre avant d'ouvrir une armoire en métal au mur.

— Tu laisseras ta quincaillerie là-dedans, me dit-elle avec un clin d'œil, ce qui ne me rassure pas vraiment, je dois avouer. Ici est le dernier endroit où tu en auras besoin.

Vrai qu'avec la porte qu'elle a, ça ressemble à un château-fort, ce logement !

J'extrais mes deux armes de mes jeans. Taty est fort intéressée par l'une d'elles.

— C'est un des pistolets en magnésium de Max... Celui du parc ou de sa maison ?

Elle semble bien les connaître...

— Du parc. Je m'en suis servie pour me défendre contre des gens qui voulaient ma peau !

— Tu as bien fait ! Ils étaient là pour cette raison, après tout… Je me doutais bien que c'était l'un d'eux qui avait foutu cette sacrée pagaille au FBI ! me dit-elle en riant avant d'aller dans la cuisine sans un regard derrière. As-tu une petite faim ? J'ai de la pizza que j'avais commandée pour Greg.

Je dépose prestement mes armes, ma boîte de cartouches, la roulette de billets que j'ai réussi à séparer de la foutue perruque que je lance rageusement au fond de l'armoire avant de me précipiter à sa suite, découvrant un logement à aire ouverte de style loft, au décor très épuré dans des teintes chaudes. À une extrémité, trois portes au revêtement cuivré nous narguent sur un mur où y est représentée une scène de nature sauvage avec un lac et de hautes montagnes en arrière-plan.

Sur le mur opposé, je suis un peu surprise d'y voir douze écrans de grandes dimensions collés les uns aux autres du plancher au plafond devant de minuscules sièges de bois avec des numéros au dos.

Taty s'approche avec une pointe de pizza en main.

177

— Un jour, Greg m'a dit qu'il aimerait se sentir comme s'il était réellement assis dans un stade quand il regarde son football à la télé… Je lui ai donc concocté son rêve pour son anniversaire !

— Ce ne doit pas être confortable…

Elle éclate de rire.

— C'est son problème, pas le mien !

— Tu ne regardes jamais la télé ?

— Peu souvent, je dois avouer. Et lorsque j'en ai envie, je préfère le faire en courant sur mon tapis avec des lunettes 3D qu'un copain m'a trafiqué. Viens au comptoir. On m'a beaucoup parlé de toi, mais je ne croirai que ce qui va sortir de ta bouche, et rien d'autre.

Elle prend place devant la boîte de pizza en indiquant le banc à son côté de son nez.

Méfiante, la belle dame…

C'est une bonne chose, en fait.

De toute façon, c'est là qu'est la bouffe et je suis affamée !

Un instant plus tard, je me suis déjà

empiffrée d'une moitié de pointe vraiment succulente. Taty, assise à mon côté, et ma mère-fantôme occupant le banc à ma droite avec une portion en main elle aussi, semblent bien s'amuser de ma ferveur alimentaire.

— Dis-moi, qui est vraiment cette Princesse de la grande Cosa Nostra mondiale ?

▲

Alfred tombe en bas de sa roulette où il demeure un moment, à moitié assommé.

▲

Je m'étouffe presque avec ma bouchée.

Pas de préliminaires avec elle !

Et au moins, je n'ai pas ça à lui cacher...

— Pour l'instant, je suis une fille tout ce qu'il y a de plus ordinaire... Hormis que je suis fort en avance sur mon programme scolaire et que ma mère, mère adoptive évidemment, siège depuis deux ans au Congrès à Washington.

— Selon ce que j'ai compris, tu

ignorais vraiment qui tu étais ?

— Totalement ! Je ne l'ai su qu'aujourd'hui… de la pire façon possible !

Ses grands yeux noisette dans les miens indiquent une hésitation sur la suite à prendre.

— Non, je ne vais pas te demander comment tu l'as su. Il y a des secrets qui sont préférables de demeurer enfouis. Je vais être honnête avec toi et t'avouer avoir scruté un peu ta vie… Es-tu vraiment lesbienne ?

Je ne peux réprimer une folle envie de rire.

— Pas du tout. C'est juste un jeu de rôles avec une copine pour avoir la paix des trolls que j'ai toujours aux fesses à l'université.

— Je m'en doutais bien… Et c'est ce que j'aurais dû faire moi aussi, mais c'était trop compliqué.

Compliqué ?

De quelle façon ?

— Durant mes petites fouilles, j'ai

surtout vu que tu t'intéressais énormément à l'intelligence artificielle ?

— J'adore ! Je suis sur le point de terminer d'écrire ma thèse sur ce sujet. Je sens que je vais peut-être même révolutionner ce monde-là !

— Alors, je crois que tu vas bien aimer mon petit atelier, parce qu'on se rejoint dans ce domaine précis... À l'inverse du piratage où nous sommes opposés. J'ai consulté tes dossiers au FBI et je dois avouer que tu y as d'ailleurs fait du sacré bon boulot.

J'ai dû mal entendre...

— Tu es donc une pirate... qui a eu accès à mon dossier opérationnel au FBI ?

— Aisément ! Dossier personnel, surtout... N'importe qui comme toi ou moi pouvons y avoir accès en moins de dix minutes, tu sais. En revanche, ce que je désirais surtout découvrir quand je suis allée y faire mes recherches était de connaître l'extension de ce qu'ils savaient sur tes véritables origines... Et c'est niet ! Ils n'ont absolument aucune idée de qui tu es en réalité.

— Ce qui veut dire…

Elle ricane en s'emparant d'une seconde pointe.

— Je l'ignore encore, mais tu as une étendue de possibilités presque infinie devant toi !

▲

Mon hamster affiche aussitôt un large sourire montrant toutes ses dents.

▲

Tiens, tiens…

C'est bon à savoir !

▲

△
-15-

J'AI TUÉ TON FRÈRE

Maria

J'entame ma seconde portion moi aussi alors que ma mère jette sa croute au chien qui s'en délecte en une seule bouchée.

— C'est à ton tour, qui es-tu, Taty ?

— Je n'ai rien à te cacher. Je suis une ancienne escorte… Bref, une pute de luxe qui est à la retraite depuis plus de six ans. Malheureusement, je suis aussi la cadette de la famille Tymko… qui a officiellement renié les siens lorsque je me suis jointe au clan Barzetti.

Je prends un moment pour digérer ces informations parce que j'ai quelque chose à lui avouer en relation avec sa famille, justement.

Comment vais-je bien pouvoir lui annoncer ça ?

En douceur, c'est sûr…

Commençons par savoir s'ils sont

vraiment proches.

— Et tu t'entends encore bien avec toute ta famille ?

— Ma sœur Svetlana est la seule avec qui je suis encore en contact… Souvent, même. Tous les autres membres de ma famille sont des cinglés de premier ordre desquels je me tiens le plus loin possible !

▲

Alfred fait tourner sa roulette dans toutes les directions.

▲

Ça semble assez facile…

Alors, devrais-je ou ne devrais-je pas ?

Si elle désire s'en tenir éloignée le plus possible, c'est fort probable que ça ne l'affectera pas trop.

Au mieux, une grosse crise de larmes.

Au pire, elle me fait cuire à petit feu…

Espérons pour le mieux !

— Je dois t'avouer un truc, Taty… En me défendant dans les tunnels, plus tôt, j'ai… j'ai tué ton frère !

La belle Russe hausse tout bonnement les épaules avant de terminer sa pointe.

Curieusement, elle n'en semble pas affectée du tout !

— Lequel ? J'en ai cinq.

— C'était une montagne de muscles... Minute, lorsqu'il avait son couteau sur ma gorge, l'un des gars l'accompagnant, et qui voulait tuer Greg, l'a appelé Sargent, je crois.

— C'est Serguei... Gros bras, zéro cervelle. Vraiment pas une grosse perte !

Plutôt froide avec son frangin...

Dois-je aussi lui dire pour l'autre ?

Pourquoi pas si le premier a si bien passé...

— Un peu avant, j'ai aussi descendu ta belle-sœur qui me tirait dessus... Theresa, je crois ?

— Alors, là, tu as fait un gros cadeau à l'Humanité entière ! Folle à lier cette démone... Elle doit avoir le sang de centaines de mecs sur la conscience ! J'espère simplement qu'elle ne prendra pas la place de Satan en Enfer, sinon, nous

185

sommes dans la merde !

Elle ne l'aimait vraiment pas, cette femme...

Ou c'était réellement une hyper méchante !

Mais je suis surtout heureuse que ça ne l'ait pas mise en colère contre moi.

Taty va au frigo où elle me tend une cannette et une bouteille.

— Coca ou bière ?

J'opte pour la cannette qu'elle me vide dans un verre alors qu'elle préfère l'autre option qu'elle boit à même la bouteille dès qu'elle revient au comptoir pour s'emparer d'une autre pointe.

— Greg m'a demandé de me mettre à ton service, ce soir. As-tu quelque chose de spécial à faire ?

— Prendre une bonne douche en premier ?

Je suis pleine de sang des mecs que j'ai tué dans les tunnels !

Mais après encore quelques morceaux de pizza...

Elle éclate de rire en m'indiquant les portes au fond du logement.

— Celle du centre… Et non, je n'irai pas t'aider.

Je ricane à mon tour, ce qui passe bien près de se terminer en dégât parce que j'ai encore une grosse gorgée de cola dans ma bouche.

— Ne te fie pas du tout à mon profil Facebook… Je préfère les hommes !

La grande femme était sur le point de dire quelque chose, mais finalement, elle s'est tue pour plutôt prendre une gorgée de sa bière qu'elle ramène trop abruptement sur le comptoir avec un son sec.

J'ai la curieuse impression qu'elle vient de passer bien près de m'avouer qu'elle est aux deux !

Ma grand-mère s'empare d'une pointe à son tour, qui se dédouble pour aller se faire croquer dans sa bouche tandis que le morceau réel demeure en place, ce que je trouve cool parce que je lui vole la seconde suivante.

— Après ta douche, tu te coucheras et

mettras le bracelet, me dit-elle, la bouche pleine, sous l'assentiment de ma mère-fantôme… alors que Toutou, qui attend patiemment son prochain morceau de pizza comme un imbécile heureux, ne s'y oppose pas.

J'extrais le bracelet de mon chandail tellement sale que j'en ai honte et inspecte le large bijou un moment, cherchant un moyen de l'ouvrir à partir de l'intérieur.

— C'est ça, le fameux bracelet des Principessas ? Je peux te l'emprunter ?

N'y voyant aucun inconvénient, j'acquiesce alors que ma grand-mère s'insère vivement dans le comptoir jusqu'au milieu.

— J'ai une bonne idée de ce qui lui passe par la tête, et si elle ose le porter, elle va mourir dans d'atroces souffrances en moins d'une heure !

— Ne l'enfile surtout pas, Taty, sinon je vais être obligée d'appeler Greg pour lui annoncer qu'il est à présent veuf…

— Je n'en ai pas envie non plus. Pas question que je supporte seule ces immenses responsabilités. Je désirais simplement savoir s'il dégageait une certaine force, vibration quelconque. Niet !

Elle me le remet alors qu'un truc m'a accroché dans sa réponse.

À quelles énormes responsabilités fait-elle allusion ?

Y a-t-il un truc que les fantômes ont oublié de me dire ?

C'est louche…

Beaucoup trop louche !

C'est beaucoup trop évident qu'on m'a définitivement caché un truc méga important à propos de ce bracelet !

▲

TRILOGIE DARK CIRCLE

△
-16-

SAINT-GRAAL

Maria

Durant un long moment, je demeure perdue dans mes pensées parties à la dérive et qui ne font que m'embrouiller davantage l'esprit.

J'en parlerai en tête à tête avec ma mère-fantôme...

Mais plus tard...

Parce que là, je pue trop !

Après ma dernière bouchée, je termine mon coca en une seule gorgée avant d'aller dans la salle d'eau qui m'émerveille par son design hyper moderne, simple, où presque tout est en pierre de couleur sable ou en cuivre étincelant. Après avoir déposé le bracelet sur le comptoir, je me déshabille prestement, jetant un œil au gros chat dans mon dos qui me surprend en étant beaucoup mieux défini qu'à l'hôtel, presque brun foncé à présent.

Minet a vieilli, on dirait...

Mais il a conservé ses yeux et crocs rouges ?

Bizarre...

Je me glisse dans la douche où je m'amuse avec toutes les manettes qui envoient les jets dans toutes les directions pour finalement me contenter d'une douche normale qui me fait un bien fou, me sentant complètement détendue à simplement laisser l'eau chaude couler sensuellement sur ma tête et ma peau durant un long moment d'extase avant de me décider à empoigner les savons.

Quelqu'un cogne et entre sans attendre ma réponse, ce qui m'oblige à faire face de l'autre côté. Par les vitres embuées, je reconnais la couleur des fringues de mon hôtesse qui dépose une petite pile de vêtements sur le comptoir avant de s'emparer des miens au sol.

— Ne crains rien, je ne te regarde pas... Mais je dois avouer que tu as aussi de belles fesses ! éclate-t-elle de rire en refermant la porte.

Et elle ne regardait pas...

Avant de sortir de la salle d'eau, j'en profite pour démêler mes cheveux, ce qui n'est vraiment pas une mince affaire rendue à ce point, avant d'enfiler les vêtements que Taty m'a apportés, qui sont, curieusement, presque à ma taille et de fort bon goût de surcroît.

Dès ma sortie, avec mon bracelet que je serre au bout de mes doigts, je vais la rejoindre au comptoir où elle consulte un ordinateur portable qui semble être un modèle artisanal de haut niveau à cause du large ventilateur externe dessous.

Elle tourne vers moi un visage qui s'illumine.

— Ces fringues te vont encore mieux que je le croyais de prime abord. Tu fais vraiment la même taille que Svet !

— Vrai qu'ils sont parfaits… Mais dis-moi, pourquoi as-tu des vêtements de ta sœur ici ? Demeure-t-elle avec vous ?

— Non… C'est une autre Tymko trop volage qui a quelques problèmes avec son mariage à cause de cela. Elle se cache ici à l'occasion, le temps que son idiot de conjoint se calme un peu après une autre de

193

ses sauteries. Le pire est que c'est un Rossini, lui aussi !

Comme ceux que j'ai abattus voilà peu ?

Peut-être cet autre beau-frère faisait-il partie du groupe ?

Et que sa sœur n'a plus de problème avec son conjoint depuis peu ?

En revanche, il y a un truc que je dois absolument savoir…

— Vos deux familles semblent très près l'une de l'autre, on dirait.

Taty se lève avec un visage dur.

— Nos familles se ressemblent surtout beaucoup trop ! Laissons tomber toutes ces conneries et viens avec moi… Je sens que tu vas adorer mon petit atelier !

Sa main s'empare fermement de la mienne et elle m'entraîne presque de force vers la dernière porte à droite… qui s'ouvre à son approche sans qu'elle ne lui touche, me montrant une longue pièce divisée en deux parties inégales où la plus petite comporte divers appareils servant à l'entraînement physique tandis que l'autre…

▲

Alfred tombe en extase et tente frénétiquement d'attraper quelque chose devant lui, mais ça ne fait qu'accélérer sa roulette qui est sur le point de s'enflammer !

▲

— « Petit atelier » tu as dit ?… Meg ! C'est plus gros et mieux équipé que nos labos d'informatique à l'université ! Et sûrement dix fois plus puissant que ce que j'avais à ma disposition au FBI !!!

Je n'ai droit qu'à un sourire en coin de la propriétaire de ce nirvana informatique alors que j'approche de l'immense tour de disques durs, qui sont plutôt tous des unités solides, et évidemment refroidis par du liquide phosphorescent qui transite dans des tubes de différentes teintes avant que je tombe en extase devant sa multitude d'écrans de grande taille disposés en demi-sphère au-dessus d'un siège hyper hi-tech qui semble sorti tout droit d'un film de science-fiction tant il y a de contrôles de toutes les couleurs sur les appuis-bras.

— Je suis morte et rendue au paradis…

Taty éclate de rire en prenant place dans sa chaise… Plutôt console du capitaine de son vaisseau de guerre spatial !

— D'ici, j'ai un accès total et incognito à tout ce que je veux partout sur la planète parce que je me suis branchée directement sur un canal inutilisé de satellite ! Bref, mon adresse IP n'existe pas…

La vérité me saute soudainement au visage qui tourne de tous les côtés.

— C'est le Saint-Graal de n'importe quel pirate !

— Pirate ? Je ne le suis pas vraiment… Je ne m'en sers pas pour faire du mal ni pour voler des trucs, enfin pas souvent, mais plutôt pour m'assurer que les opérations de ton père et de Greg se déroulent rondement, autant du côté administratif que logistique ou informatif sur le terrain. C'est d'ailleurs avec ceci que j'ai pu si facilement te suivre partout… et c'est aussi avec toutes les communications prétendument cryptées des enquêteurs du FBI que j'ai pu connaître l'étendue des dégâts en effectifs que tu as faits durant ta fuite ! Assez impressionnant, en passant... Et presque sans dommages collatéraux, de surcroît.

Je jurerais entendre parler un militaire...

— Et ce que tu ignores peut-être est que tu as mis fin au règne de terreur d'au moins deux autres de mes frères... aux dernières nouvelles.

— Oups... Désolée...

Elle balaie l'air de son long bras.

— N'aie crainte, c'étaient de véritables despotes sanguinaires à tous les points, eux aussi !

À ma grande surprise, un clavier holographique apparaît en face d'elle tandis que son dossier s'incline. Les écrans au-dessus de nous ne cessent de changer alors qu'elle pianote dans le vide à vitesse folle. Son bras s'allonge vers une scène en particulier où on y voit trois camions aux couleurs de compagnies de rénovation et de plomberie devant une gigantesque demeure en pierre du siècle dernier pendant qu'un autre y dépose une benne à ordures.

— Il y a de l'activité à la maison ancestrale de ton père... Je suis presque certaine que c'est à cet endroit qu'est Greg, sûrement pour effacer des traces de quelque chose.

Est-ce que ce serait celle avec les tunnels où j'étais voilà peu ?

Parce que cette façade me rappelle quelque chose...

— Dis-moi, est-ce que c'est la maison secrète où j'ai été avec Greg ? Je n'ai vu qu'une seule pièce à l'intérieur...

— C'est effectivement celle-là.

Fait curieux, je m'en doutais...

Non, j'en étais même certaine !

— Dis-moi, est-ce que ce serait possible que ce soit pour y faire disparaître ceux qui m'y ont attaquée à cet endroit et dans les tunnels ?

Elle manipule quelques touches sur ses appuis-bras et le visage holographique de Greg, avec l'ameublement antique où j'étais plus tôt en arrière-plan, apparaît dans les airs juste devant le sien.

— Hello, N'amour ! Pourquoi es-tu au bureau secret ?

— J'avais des trucs à y maquiller.

— Et quand vas-tu revenir ?

— Dans environ deux ou trois heures. J'ai un autre arrêt à faire avant mon retour.

— Tu réchaufferas ta pizza préférée au micro-ondes… S'il en reste parce que ta Petite Diavolo l'aime bien, elle aussi !

— Basta ! échappe-t-il avec un visage rageur.

Et il disparaît brusquement sous les rires de Taty.

— T'as pas envie de le voir quand on lui vole des morceaux de sa pizza sacrée. Je vais lui en commander une autre pour être certaine de lui couper la tentation de te bouffer au lieu de sa pizza.

Nous éclatons de rire toutes les deux.

— C'est fou à quel point la technologie a avancé depuis mon décès !

lâche ma mère-fantôme, à mon côté, tandis que ma grand-mère semble carrément dépassée de l'autre, ce qui me fait ricaner dès que je vois son visage démonté.

Avec un large sourire, j'acquiesce vers ma mère alors que tous les écrans s'éteignent en même temps au-dessus de Taty qui se lève en me regardant avec un drôle d'air. Elle hésite un moment, ayant sûrement un truc à me dire qu'elle ne sait comment, avant de simplement se diriger vers la porte.

— Gâteau au chocolat ?

Chocolat ???

▲

△

-17-

DES FANTÔMES

Maria

Je cours presque derrière elle pour y recevoir une gigantesque part l'instant suivant. Mes yeux ne peuvent quitter le visage enjoué à mon côté alors que je m'empiffre de ce délice des dieux comme si ça faisait un mois que je n'avais rien mangé.

Tout de même… C'est du chocolat !

Mon regard accroche la porte refermée de l'atelier.

▲

Alfred roule à fond la caisse.

▲

Avec un tel équipement, elle pourrait probablement m'aider à réaliser le plan de dingue de Grand-mère…

Une chose est certaine, elle pourrait facilement nous épauler !

Devrais-je lui en parler ?

Curieusement, je sens que je peux lui

faire confiance…

 Mais jusqu'à quel point ?

 Ça, c'est un peu plus difficile à dire !

 Il y a moyen de le savoir…

 — Que sais-tu du Dark Circle, Taty ?

Un petit regard amusé me répond, ce qui me trouble quelque peu, je dois avouer.

 — C'est un cercle décisionnel des principales instances criminelles de notre pays. Autrefois, c'était l'apanage exclusif de la Cosa Nostra. Aujourd'hui, il s'y est greffé divers groupes de plusieurs nationalités… dont des Russes par mon père qui y a accès depuis une dizaine d'années, m'apprend-elle avant de sursauter. Hé, j'y pense, tu y as un siège, toi aussi… Tu es la fille unique de Max, donc l'héritière de sa Famiglia ! En plus, tu as le vote décisionnel en cas d'égalité étant donné que tu es la Princesse !

 — Pardon ? lâche à pleins poumons ma grand-mère vers qui je jette un regard en coin. Depuis quand les décisions se prennent-elles autrement que par l'unanimité ? Le Cercle a toujours fonctionné ainsi !

Je pose la question à Taty.

— J'ignore les détails, mais je sais qu'il y a eu une grosse refonte de leur mode opérationnel lorsqu'ils ont accepté les nouveaux groupes pour porter le total à douze membres au lieu du huit original.

— Ils sont à présent douze ??? s'écrient en même temps ma mère-fantôme et ma grand-mère, ce qui me fait royalement sursauter avant que je hausse les épaules.

Taty recule dans sa chaise avant de se lancer vers moi avec un visage dur, à la limite de la rage.

— Montre-moi tout de suite tes oreilles ! m'ordonne-t-elle crûment en avançant sa main vers mes cheveux qu'elle déplace sans attendre ma réponse. Pas de transmetteur… À qui parlais-tu ?

▲

Alfred effectue une méga culbute en bas de sa roulette.

Il vide un Redbull en une seule gorgée avant d'y remonter.

▲

J'échange un regard avec ma tortionnaire mentale trop perspicace.

Je suis coincée...

Comment est-ce que je dois réagir ?

Est-ce que je leur ai peut-être parlé sans le réaliser ?

Dois-je faire celle qui lui manque des boulons ?

Non, je ne crois pas...

N'importe quoi sauf lui montrer que je suis faible.

Les Principessa ne le sont pas...

Ne le sont jamais !

Enfin, ne sont pas censées l'être...

Mais alors, quelle est la foutue solution ?

Taty sursaute tellement qu'elle en tombe presque en bas de son banc.

— Non... La légende des Principessa passées qui accompagnent celles qui sont en vie est donc vraie ? Je pensais que c'était... que ce n'était qu'une légende, justement !

Meg ! Que dois-je répondre à ça ?

Ma mère-fantôme s'intercale entre Taty et moi.

— Plusieurs le savent, ma fille. À vrai dire, tous ceux qui nous sont proches. Nous ne pouvons leur dissimuler ce secret bien longtemps.

Bon point...

Vrai que c'est difficile à cacher, par moments !

Un œil vers ma grand-mère qui acquiesce en serrant les dents me le prouve.

— De plus, si elle est la femme de Greg, et qu'elle a accès à tout ce que lui ou ton père ont fait sans en parler jusqu'à maintenant, tu peux lui faire confiance... Sinon, elle ne serait déjà plus de ce monde.

Autre bon point...

Un lourd soupir annonce ma réponse à l'avance.

— La légende est vraie, Taty. J'ai bien de l'aide... de fantômes.

Elle lève les bras haut dans les airs en lâchant un petit cri de victoire.

205

— Oui ! Pour être franche, je m'en doutais depuis la pizza. Quel est son nom ?

— Elles sont deux. Il y a ma mère biologique, Angelina…

Autre sursaut de la grande Russe en face de moi.

— Oh ! La première ex de Greg ?

Je jette un œil vers ma mère qui s'est déplacée tout près de moi, n'ayant plus crainte de le faire à présent.

— C'est compliqué, ma fille… Je t'expliquerai tout à un autre moment.

— Pas certaine que je veux vraiment le savoir, Mère.

Nouveau soupir alors que je réalise que ma vie est sur le point de devenir vraiment hyper compliquée à cause de la présence de tous ces fantômes autour de moi, autant ceux à deux pattes que celui à quatre.

Mon attention revient sur Taty qui cherche de toute évidence quelque chose dans la direction dont j'ai parlé.

— Où est-elle, exactement ?

— Juste devant moi… À moitié au travers du comptoir, pour être exacte.

— Elle est vraiment invisible ! Alors, bonjour… Angie.

Ma mère-fantôme lui sourit.

— Dis-lui que je l'aime bien.

Je transmets le message et lorgne ma grand-mère en attente de son approbation qu'elle me donne de la tête.

— Et il y a aussi ma grand-mère Ursula juste derrière toi.

Avec un visage radieux, Taty pivote sur elle-même en un instant.

— Govno ! « Ursula la lame » elle-même ? Vous êtes une véritable légende dans le milieu, Madame !

De nouveau, je dois mentionner à la belle grande Russe que cet autre fantôme l'apprécie.

— Et là, derrière moi, c'est Toutou.

— Désolée, je ne comprends pas…

— C'est un gros chien-fantôme que j'ai rencontré au logement de mon père et qui me suit partout !

— Si c'est un gros doberman un peu idiot, c'est Roadkill... Même s'il n'avait que deux neurones dans sa cervelle, qui ne fonctionnaient que de temps à autre en plus, tout le monde l'adorait !

Le chien, qui relève brusquement sa tête à l'énoncé de ce nom, est une autre preuve en soi que la supposition de Gaminosi était exacte et je le lui confirme, mais ne lui mentionne pas le Parrain dont je veux conserver la discussion entre nous secrète. Pour l'instant.

— Je vais tout de même continuer à l'appeler Toutou... C'est plus normal pour moi.

Sa tête redescend avec une petite plainte en surplus.

— D'accord, vais essayer d'employer ton vrai nom, à l'avenir...

Son bizarre sourire d'imbécile heureux me fait éclater de rire en même temps que mon hôtesse.

— Tu as une vie vraiment bizarre, je dois avouer... Et une sacrée chance que j'ai débranché les caméras dans le logement sinon le seul fait de parler à un chien imaginaire t'aurait donné le droit exclusif à un voyage en aller simple à l'asile !

▲

△
-18-

BON OU MAUVAIS ?

Nous rigolons encore un moment alors que je baille à m'en décrocher la mâchoire. Ma grand-mère s'approche.

— Je crois qu'il est temps que tu rencontres Vittoria…

— Vrai que tu dois être épuisée après cette dure journée, s'amuse Taty, à mes dépens.

— Et tu n'en sais pas la moitié !

— Oh ! Tu serais fort surprise de ce que je sais… Rappelle-toi que je vois et entends tout, à partir d'ici !

Un peu trop vrai…

— Greg n'a vraiment pas besoin de tout savoir… Moi si, mais pas lui !

Il semble qu'il y ait de petits secrets entre eux…

Elle se lève pour me guider jusque près de l'entrée où une porte, encastrée à la perfection dans le design du mur, tellement qu'elle en est indétectable sans savoir qu'elle y est, s'ouvre à son approche sur une pièce de bonne dimension avec un ameublement hyper moderne.

— C'est la chambre habituelle de ma sœur. J'espère que tu aimes les matelas fermes… Repose-toi bien. Nous aurons beaucoup à discuter, demain matin. De vraies choses, cette fois. Bonne nuit !

Son départ précipité, avec la porte qui se referme derrière elle, me rend songeuse durant un moment avant que je lorgne le bracelet entre mes doigts.

▲

Et Alfred qui fait une folle envolée de roulette.

▲

Est-ce que je prends la bonne décision en mettant ce truc sur mon poignet ?

Impossible à savoir…

En revanche, ce que j'ai compris est que c'est probablement ce qui va me sauver la vie !

Alors, ai-je le choix ?

Pas vraiment…

Je dépose le bijou sur l'oreiller et me déshabille, ne conservant que le chandail et le slip de la sœur de Taty, pour enfin me glisser sous les draps de satin où je bâille de nouveau en prenant le bracelet en main.

J'inspecte avec soin l'intérieur devant mes ancêtres qui s'étendent à mes côtés tandis que Toutou dort déjà au bout du matelas, étendu de tout son long.

Pas gêné, lui…

Encore heureuse que je ne le sente pas !

Ma mère-fantôme pose son doigt sur un petit retour de métal à l'intérieur du bracelet.

— Avant de l'ouvrir, tu dois raviver ta marque.

— Raviver ma marque…

— Gratte-la jusqu'au sang comme si tu venais juste de la faire !

Oh ! Moins drôle, là…

Ma mère-fantôme qui acquiesce ne me donne aucune autre option.

213

▲

J'hésite, prise d'un soudain vertige, alors qu'Alfred ne sait plus de quel côté aller dans sa roulette.

▲

Un détail me tracasse depuis un moment.

— Quelles sont donc les énormes responsabilités reliées à ce bracelet ?

Les fantômes reculent toutes deux d'un pas sous ma question-surprise. Ma mère s'assoit sur le matelas.

— Tu devras simplement veiller à ce que les règles de la Cosa Nostra ne soient pas enfreintes trop souvent, ma fille.

Juste ça ?

Pas si mal, finalement...

Je devrais être capable de vivre avec cela...

J'hésite encore en lorgnant l'anneau.

C'est le moment de vérité...

Alors, oui ou non ?

Décide, Maria !

Est-ce bon ou mauvais pour moi ?

C'est ça, la grosse question à me poser !

Un lourd soupir me surprend.

On s'en fout, c'est une question de vie ou de mort dans mon cas !

Et la seconde suivante, je frotte mes ongles trop courts sur ma plaie en retenant un cri de douleur.

— Encore un peu plus, tout près de ton poignet…

Dès que c'est fait, avec grognements de douleur et quelques larmes en prime, je m'attaque à la petite attache qui ouvre le bracelet que j'enfile lentement sur mon avant-bras, mais j'hésite encore avant de le refermer.

— Une grande aventure commence, ma fille. Durant un moment, tu vas sentir quelque chose de bizarre dans ta tête avant de t'endormir… Là, tu vas rêver et, comme nous toutes, tu vas y rencontrer Vittoria. Je sais que tu vas l'adorer, toi aussi.

Son sourire me convainc et je referme le bracelet qui scelle mon destin d'un claquement sec…

215

Avant que ma tête veuille exploser comme si une bombe nucléaire venait d'y éclater à l'intérieur !

▲

△
-19-

VITTORIA

Leonessa

Avec mes mains qui enserrent ma tête pour empêcher ma cervelle de maculer les murs de la chambre lorsqu'elle s'éparpillera partout, je me tortille sous les draps avec le dos arqué comme si j'étais atteinte d'une sérieuse crise de démence.

J'ai à peine le temps de voir que du sang coule sur mon poignet depuis le bracelet que je suis transportée dans ma tête sur la même plage de fins galets que j'ai rêvée plus tôt.

À ma grande surprise, je suis vêtue d'une longue robe noire assez moulante, retenue à la taille par une large bande métallique cuivrée... et mon nouveau bracelet au poignet. De curieuses hautes bottes à talons plats, du même matériel que mon ceinturon, s'ajoutent au tout de belle façon.

Cette fois, je fais un peu plus

217

attention à ce qui m'entoure et découvre, près de la falaise, une dame portant une couronne sur des cheveux ressemblant à la couleur du feu qui est assise nonchalamment sur une grosse pierre non loin. Nous échangeons un sourire et je vais la rejoindre.

Ce doit être la Vittoria...

Pourquoi porte-t-elle une couronne ?

Est-ce vraiment une Princesse ?

Dès que j'approche, je perçois que sa couronne, où trône en pièce principale une immense pierre noire et bleue, le même bleu que ses yeux et les miens, n'est pas centrée sur sa tête, mais un peu de travers. De plus, ses paupières mi-closes me font croire qu'elle a des problèmes de vision.

Avec un large sourire, elle tapote la pierre à son côté, tout près de son long fourreau d'épée qui est contrebalancé par une dague à son autre hanche.

— Je crois que tu as déjà dû comprendre que je suis Vittoria... Viens t'asseoir un moment, Leonessa. Nous avons à discuter toutes les deux.

Son ton de voix lent, assez grave pour une femme, est empreint d'une évidente sagesse.

Ignorant pourquoi, ce point me rassure et sans aucune crainte, je prends place à son côté sur la roche chauffée par le soleil au zénith.

— Sais-tu vraiment ce que tu es devenue ?

— Je dois avouer que je n'en ai qu'une vague idée... La grande patronne des criminels à qui je vais devoir dire quoi faire. C'est bien ça ?

Elle affiche un minois semblant vouloir dire qu'elle s'attend à avoir beaucoup de boulot devant elle avec moi.

— C'est une toute petite partie de notre boulot, la principale étant que l'on doit gérer la vie commune et les tâches que doit effectuer la Cosa Nostra, qui veut dire « Ce qui est à nous ». Oui, c'est beaucoup de travail... Malheureusement, cela nous oblige à souvent prendre des décisions difficiles, même douloureuses, envers nos sujets qui ne respectent pas nos lois, et ces lois sont justement en place pour fortement souder notre groupe, pour le protéger, parfois contre lui-même, mais aussi pour le rendre plus humain, moins bestial… Ce que les gens de ton époque semblent avoir oublié !

— Ouais…

Elle esquisse un sourire, si magnifique sourire que j'en demeure sidérée un moment.

— De même que le partage des richesses récoltées par le groupe avec les moins bien nantis qui nous appuient.

— Vrai que ce serait cool s'ils agissaient ainsi !

— Je sais fort bien que je n'ai pas assez insisté auprès de Marizia ainsi que sur sa fille Ursula sur ces derniers points. En revanche, ta mère avait bien saisi l'essence même de la Cosa Nostra… Elle n'a malheureusement pas eu le temps d'appliquer ces principes. Mais dis-moi, comment les ferais-tu respecter, ces lois ?

— Meg ! Je n'en ai aucune idée ! Je ne sais même pas quelles sont ces lois… En toute logique, il faudrait en premier faire un bon inventaire des diverses activités pour y faire un gros ménage ! Une chose sûre, j'éliminerais dès le départ l'immonde trafic de femmes et d'esclaves !

— Oui, ce pourrait être un bon début.

— En y songeant bien, j'essaierais surtout de changer leur mentalité de grosses brutes qui ne veulent que tuer, voler, pour la rapprocher de celles des hommes d'affaires. Cela règlerait énormément de problèmes dès le début, car ils y penseraient à deux fois avant d'agir !

Nouveau large sourire que je qualifierais presque de complice.

— Je tiens à t'avertir d'un point capital : ne cherche pas à aller trop vite avec tes changements. Certains pourraient se rebeller… La plupart, en fait.

— Je vais m'en rappeler, Madame… Princesse ? Je ne sais plus !

— Appelle-moi toujours Vittoria. Même lorsque j'étais encore vivante, je refusais qu'on utilise les termes Princesse ou Majesté… Je ne me suis jamais sentie supérieure à qui que ce soit. Je n'avais que

221

plus de responsabilités à prendre en compte que les autres, sans plus.

— C'est cool !

△
-20-

DES NETTOYEURS

Gregorio Linati (Gregorio)
et les Nettoyeurs

Après avoir déposé sa Petite Diavolo à la nouvelle tour Barzetti, Gregorio Linati rejoint le nettoyeur Ernesto à leur point de rencontre habituel dans le quartier Spanish Harlem. Le géant saute dans une camionnette peinte au nom d'une compagnie de rénovation connue où il enfile un survêtement de travail et une casquette alors qu'ils se rendent sur les lieux au milieu d'un quartier fort cossu, suivis d'un véhicule identique au leur.

Dès qu'ils se garent en face de la maison centenaire, gigantesque manoir du début du siècle dernier où trône une pancarte à vendre depuis plusieurs années, apposée pour dissimuler que cet immeuble abrite le bureau secret de la famille Barzetti, une dizaine d'hommes sortent des véhicules, tous avec des coffres d'outils à la main ou des poubelles sur roues, pour

223

contourner la maison, l'un derrière l'autre, afin d'y entrer par l'arrière où Gregorio désactive avec son œil les alarmes dernier cri protégeant la demeure.

Un seul homme reste derrière pour y accueillir une camionnette d'une compagnie de plomberie avec deux hommes à bord qui accourent à la suite des autres, avant qu'il guide un livreur de conteneurs à déchets qu'il fait déposer le plus loin possible, dans un coin à l'ombre, en bordure du petit chemin de pierres menant à l'arrière.

Un voisin avec un caniche en laisse s'intéresse à ce brouhaha et s'approche pour observer les rénovateurs aller et venir avec des pièces, des tuyaux, alors que des hommes emplissent rapidement le conteneur à déchets de gros sacs noirs à l'aide de leurs poubelles roulantes.

— Hé ! Que se passe-t-il donc ici ? demande le voisin à un des plombiers ayant un petit rouleau de tuyau à l'épaule et qui revient vers l'arrière au pas de course alors que deux hommes déposent un tapis roulé dans le conteneur.

— Gros dégât d'eau à l'étage... Ça doit couler depuis au moins une semaine parce que la foutue tuyauterie doit avoir un siècle dans ce satané taudis !

Satisfait, le voisin s'éloigne en grognant contre le dérangement occasionné par toute cette activité.

— Il n'avait qu'à vendre sa maison moins chère... C'est quatre fois le taux du marché !

Δ

Δ

Gregorio et Ernesto

À l'intérieur de la maison, le faux-plombier se fraie un chemin dans ce qui ressemble à une ruche pour remettre le tuyau de la laveuse à pression à son acolyte avant de se précipiter vers Ernesto qui est en discussion avec le géant qui les a engagés.

— Un putain de voisin m'a demandé des comptes, Ernie !

— Et… lâchent à l'unisson les deux hommes devant lui.

— Je lui ai encore dit que c'était un problème de fuite d'eau…

— Et…

— Comme d'habitude, il est parti !

Un sourire commun des responsables lui donne une bonne appréciation de son mensonge et il retourne rejoindre son collègue qui s'occupe du nettoyage final des traces de sang dans le bureau, tout près de ceux qui apposent la touche de finition aux trous de balle qu'il y a un peu partout dans les murs et le mobilier.

226

Ernesto jette un œil à son téléphone au moment où deux hommes en tenue de rénovation peinent à sortir un sac mortuaire du passage secret.

— C'est le dernier, Ernie... et c'était sûrement le plus lourd ! fait l'un d'eux, visiblement épuisé, en reprenant son souffle.

Il est aussitôt remplacé par un autre qui transporte à la hâte le sac contenant un corps à l'étage dessous.

Ernesto suit le sac qui disparaît de la pièce avant de se pencher à l'oreille de son gigantesque vieil ami.

— C'est vraiment la nouvelle petite Princesse qui a fait ce massacre ?

— Et tout ça en quelques secondes seulement... Je le sais, j'ai tout vu et j'en tremble encore ! Depuis ce matin, elle a commencé un gros ménage et rien ne l'arrêtera parce qu'elle va éliminer aussi froidement, sans aucune foutue pitié, tous ceux qui oseront se mettre en travers de sa route ! Maintenant, demande à tes hommes de sortir quelques secondes que je referme le tout.

227

Ernesto fait aussitôt de grands signes de la main alors que Greg esquisse un sourire satisfait, bien au courant qu'entre copains, son vieil ami ne peut retenir sa langue dès sa deuxième bière, ce qui va préparer en sourdine le milieu à l'arrivée de Leonessa.

— On sort d'ici durant deux minutes, les gars !

Fort obéissants, tous libèrent la pièce en quelques secondes, Ernesto étant le dernier à sortir en refermant à sa suite.

Dès que c'est fait, Gregorio se hâte d'actionner les mécanismes qui dissimulent le passage secret avant d'ouvrir la porte derrière laquelle plusieurs hommes attendent.

En sueur sous la pression engendrée par l'agenda serré de cette opération, Ernesto pianote sur son téléphone.

— On se grouille de revenir dans le bureau pour terminer votre boulot, les gars ! Le nouveau tapis va arriver dans moins de cinq minutes... Et mon frère va venir chercher le conteneur dans dix ! jappe-t-il ses ordres à ses sbires avant de se tourner vers Greg. La petite Spark nous rejoindra à l'entrepôt dans exactement soixante minutes.

Δ

△*Tatiana Tymko (Taty)*

Dans son antre, Tatyana se réjouit de constater que tous les hommes quittent la demeure ancestrale de la Famiglia Barzetti dans le calme, sans hâte, mais sans perdre de temps non plus, en bons « Nettoyeurs » professionnels qu'ils sont.

Elle s'attarde un moment à ses divers écrans qui renvoient des images de certains points névralgiques de New York.

La belle dame, tourmentée par mille pensées simultanées, soupire avant de se tourner vers le mur mitoyen, plus précisément vers la chambre habituelle de sa sœur.

La petite n'est vraiment pas comme nous... Tellement différente que j'ai la curieuse impression qu'elle va tout balayer sur son passage comme une furieuse tempête.

Et je dois m'y préparer sans faute !

Elle revient à ses écrans qui montrent le cortège de camionnettes quittant le manoir Barzetti.

Il va encore aller prendre une bière

avec son copain Ernesto... Je vais dormir deux heures en l'attendant parce que j'ai la certitude que je vais avoir grandement besoin de ce maigre repos sous peu, à présent que cette Petite Diavolo est avec nous !

▲

△
-21-

CATHERINE DE MEDICIS

Leonessa

Vittoria se lève sans à-coup avec la grâce d'une panthère en tendant le bras dans ma direction.

— J'ai la curieuse impression que tu vas suivre mon exemple sur ce point. Prends ma main, nous avons peu de temps. Tu dois absolument connaître le plus tôt possible l'origine du « Bracelet des mémoires » et demain, nous verrons comment j'ai appliqué cette toute-puissante magie à ma vie.

Toute-puissante magie ?

Mais de quoi parle-t-elle ?

La magie n'existe pas…

Ce sont des histoires pour les cervelles faibles !

Dès que nos mains se touchent, je suis transportée dans une pièce, froide, sombre devant seulement quelques chandelles éparses réparties près des murs de vieilles pierres suintantes, et qui sent hyper mauvais de surplus, où deux personnes, une dame richement vêtue au ventre rebondi, bien qu'elle soit assez âgée selon ses nombreuses rides, et un homme presque en haillons, travaillent autour d'une paire de bracelets reposant sur une table.

Vittoria, que je réalise à ce moment qu'elle me dépasse de presque une tête, se penche vers moi.

— C'est ma mère, la Reine Catherine de Médicis. Elle est avec son fidèle serviteur... et grand enchanteur, Alonzo. Ma mère était une fervente disciple de sorcellerie... Et de poisons, qu'elle utilisait beaucoup trop souvent ! Regarde bien la suite.

La Reine et l'homme allongent leurs bras au-dessus des Bracelets qui, à ma grande surprise, commencent à luire dans la semi-obscurité présente.

Comment peuvent-ils être si luminescents ?

Il n'y avait pas d'électricité, à cette

époque...

Alors, d'où cela vient-il ?

Dans un parfait ensemble, ils entament une litanie dans une langue qui ressemble beaucoup à de l'italien que, curieusement, je comprends, tandis que les visages des deux personnes près de la table se couvrent rapidement de sueur.

La Reine lève les bras au ciel tandis que l'autre continue son incantation en élevant sans cesse le ton.

— J'implore les grands Dieux de la Rome antique d'accéder à cette demande ! Bracelets, donnez à mes enfants le don de la beauté éternelle et de se rappeler des mémoires, surtout des acquis guerriers de celles qui ont porté ces anneaux avant vous... Qu'il en soit ainsi !

Un puissant flash en provenance de la table m'oblige à fermer les paupières un instant. Dès que je les rouvre, l'homme, avec une longue pince en main, s'empare prestement d'un des bracelets qui rougeoie comme s'il avait été chauffé à blanc durant des heures pour l'apposer lourdement sur l'avant-bras de la Reine qui émet un peu de fumée avant que des gouttes de sang s'échappe des plaies ouvertes pour maculer le plancher.

Meg ! Ça a dû être terriblement douloureux !

L'homme flanque le bracelet recouvert de lambeaux de peau dans un seau d'eau pour effectuer la même manœuvre avec le suivant, mais en faisant cuire le poignet de l'autre bras. La Reine, qui est visiblement près de perdre conscience, doit s'asseoir de toute urgence alors que l'homme semble nettoyer en vitesse les bracelets dans la chaudière de bois. Il revient avec le premier devant la Reine qui a des larmes aux yeux et des avant-bras ensanglantés.

— Vous devez l'enfiler tout de suite, ma Reine !

Les dents serrées, elle acquiesce et l'homme referme les deux bracelets tour à tour, le second sur l'avant-bras ensanglanté rendu près de la tête, car la Reine tient à présent son crâne à deux mains.

Comme moi, plus tôt...

Les cris s'intensifient aussitôt avec ce deuxième bijou avant qu'elle s'évanouisse presque, demeurant semi-consciente, luttant visiblement contre le sommeil.

— Écoute bien, Leonessa…

À nouveau, l'homme allonge ses bras au-dessus d'un des bracelets.

— Dieux de la Rome antique, donnez-moi l'autorisation de retirer cet anneau sacré de ce bras marqué de votre sceau du sang divin !

Le bracelet s'ouvre par lui-même pour tomber sur la cuisse de la Reine. L'homme s'en empare du bout des doigts pour le déposer dans un magnifique écrin doré.

— J'espère que tu t'en souviens bien, Leonessa, car c'est la seule façon de l'enlever, si besoin est… Oui, il y a bien une autre manière, mais tu risques de ne pas l'aimer ! ricane-t-elle en avançant sa main de nouveau. Allons un peu plus tard.

J'ai une trop bonne idée de la deuxième façon…

▲

237

△
-22-

VRAIMENT FOLLE

Gregorio

Près d'un gigantesque entrepôt situé dans le quartier Yonkers, en bordure du lugubre port du même nom, les deux camionnettes des Nettoyeurs se garent à un endroit précis, asphalté et dénué de boue, mais hors de toute lumière directe, bien qu'il ne soit éloigné que d'une cinquantaine de mètres de la bâtisse.

Dès qu'une voiture sport les rejoint, tous les hommes, gantés et casqués cette fois, suivent au pas Gregorio qui pénètre dans l'entrepôt par une lourde porte cadenassée, dissimulée derrière un retour de mur sur le côté de l'immeuble, qu'il déverrouille lorsque le camion transportant le conteneur arrive près d'eux.

Une minute plus tard, le gros véhicule quitte la scène avec son bac vide alors que c'est la frénésie dans l'immeuble où tous s'affairent à leurs tâches sous la gouverne d'Ernesto, que Gregorio et une petite femme à lunettes guident en fonction du plan qu'il a déjà échafaudé avec tous les cadavres pour prétendre que c'est à cet endroit que le Parrain a été exécuté et qu'un règlement de comptes en règle s'en est suivi.

Dès qu'il a la confirmation que tous les véhicules utilisés par les morts sont en route vers cet entrepôt, le géant s'attarde plus à la salle administrative de son ami à l'étage, qu'il appelait son « Antre », où les hommes ont déjà déroulé le tapis sous le gros bureau du patron dont la façade est une reproduction assez fidèle de celui de sa maison secrète.

Avec son téléphone en main, et les yeux en pleurs, il place le corps de son meilleur ami contre la cloison de bois en prenant bien garde à chaque petit détail, déplaçant chaque partie du corps durant un long et pénible moment.

Il se recueille un moment devant la dépouille de son meilleur ami. Les yeux rougis, il s'occupe aussitôt de la surface de travail où il fourre pêle-mêle certains papiers dans un gros sac avant de pianoter sur l'ordinateur portable reposant au centre de l'espace.

Après avoir extrait d'un tiroir quelques dossiers qu'il lance au fond du sac, il est sur le point de quitter la pièce en croisant la dame à lunettes qui y pénètre avec un bidon à essence en main, mais il revient prestement sur le bureau pour s'emparer de l'ordinateur tout en écrivant une note qu'il enfouit à moitié sous la base en marbre du luminaire identique à celui où il avait caché le bracelet de sa fille dans sa propre maison.

Gregorio se tourne vers la courte dame à la peau si blanche qu'il connaît depuis sa tendre enfance, car elle a repris cette spécialité qui était l'apanage de sa mère, avant son funeste accident.

— Tu es bien certaine que tout ce qu'il y a là-dessus ne brûlera pas, France ? Je viens de mettre mon alibi sous cette lampe !

Elle s'approche pour examiner la scène, surtout les bouches de ventilation closes, et recule quelques papiers sur la surface de travail avant de lui sourire avec

241

une tendresse qu'elle ne lui cache même plus.

— Sois sans crainte, Big Greg... Je connais bien mon boulot et selon la construction de cet immeuble, ils ne seront recouverts que de cendres venant de l'autre côté de cette pièce. Maintenant, sors, s'il te plaît. Il est sur le point de faire très chaud, ici !

Gregorio empoigne son téléphone en revenant vers l'espace principal où quelques hommes quittent déjà les lieux. Il s'arrête au milieu de l'escalier en jetant un œil envieux à la belle voiture de son ami qui est un peu à l'écart, bien en sécurité en fonction des événements à venir.

— Orc, c'est Greg. Es-tu déjà chez ma mère avec ma voiture ?... Parfait... Et tu as déjà commencé à tout placarder pour la saison des ouragans ?... Est-ce que ma mère t'a posé des questions à propos de moi ? Oui, je sais qu'elle connaît bien notre combine et veut en savoir le moins possible... Super, mais oui, il faut absolument que tu aies ma casquette des Yankees sur ta tête même si tu es un fan des

Marlins ! Ça fait partie de notre scénario ! Taty va te payer dès que le gros bordel ici sera terminé. Merci, Cousin !

Il raccroche avec un lourd soupir découragé en descendant quelques marches et se retourne dès qu'il rejoint le sol pour y voir la petite femme qui sort de la pièce à la hâte en refermant prestement derrière elle sur une scène où paraissent déjà des flammes par les fenêtres aux rideaux fondus jouxtant la porte.

Elle le rejoint en dévalant l'escalier. Le géant est dévasté.

— Tu as laissé le bidon d'essence dans le bureau ???

— Il ne brûlera pas, Greg... C'est la base d'un bon incendie trafiqué par un imbécile qui n'y connaît rien. En plus, ça paraît bien dans un rapport d'enquête... Maintenant, il est temps de partir ! dit-elle en allumant un briquet qu'elle lance aussitôt près d'une autre porte située en façade, créant une gigantesque boule de flammes qui englobe en quelques secondes tout l'espace administratif dont les larges fenêtres montrent où reposent les corps savamment placés en fonction d'un scénario.

— Elle est complètement timbrée ! grogne Gregorio qui détale à toutes jambes vers la petite porte de côté avec l'incendiaire aux fesses.

Ils passent tout juste sous les flammes qui lèchent déjà l'entrée du mince corridor par lequel ils transitent avec, en bruit de fond, les rires près de la démence de la jeune femme qui se délecte du feu dansant à présent juste au-dessus de sa tête où elle y fait jouer ses mains avant de fuir à toute vitesse pour éviter les débris incandescents qui commencent à pleuvoir partout autour d'elle.

L'homme prend bien soin de remettre le cadenas en place sur la lourde porte extérieure avant de rejoindre la camionnette qui l'attend sagement avec son copain Ernesto au volant, ne s'attardant qu'une seconde aux véhicules qui s'enflamment tous à cet instant devant l'entrée principale où se tient la courte dame qui est de nouveau en extase, dansant et criant au milieu du spectacle dantesque.

— Vraiment folle, cette petite Spark... À vrai dire, exactement comme sa maman !

▲

TRILOGIE DARK CIRCLE

△
-23-

MAGIQUE ?

Leonessa

Dès que j'empoigne la main, le décor change complètement.

Cette fois, c'est plus propre, sain, parfumé aussi, surtout plus éclairé grâce à une large fenêtre qui donne sur de grands jardins fleuris. De chaque côté reposent deux landaus. Tandis que l'un est somptueux, richement orné, le second est visiblement artisanal à sa plus simple expression.

Je reconnais la Reine qui discute avec deux autres femmes, l'une vêtue comme une dame de la Cour, tandis que la grande, qui semble vouloir confronter la Reine, arbore un ensemble en cuir foncé de mousquetaire... ou quelque chose du genre. Elle est bien armée de surplus.

Cette guerrière pointe de son doigt ganté la fillette dans le berceau de bois.

— Je ne comprends pas, ma Reine...

Pourquoi nous avez-vous dit que votre seconde jumelle, Jeanne, était morte à la naissance ?

— C'est certain que cet imbécile de Pape me l'aurait enlevée pour la faire éduquer par ses damnées religieuses dans son couvent le plus loin d'ici, car elle n'est pas admissible à un trône quelconque ! Il était donc impératif qu'elle demeure invisible.

— Mais alors, pourquoi désirez-vous que je la prenne sous mon aile comme si elle était mienne ? Je n'ai rien d'une mère, ma Reine !

— Elle doit être éduquée de façon différente de sa sœur, comme une vraie guerrière, sinon elle sera toujours en danger auprès de l'Église et...

À ce moment, quelqu'un cogne à la porte. La Reine grogne alors que l'autre dame, silencieuse jusque-là, jette un œil par la fenêtre.

— C'est... le colis, ma Reine !

— Elle est en avance... Lorelei, sors tout de suite par la porte de derrière et emmène ma petite Jeanne le plus rapidement possible chez toi, en Écosse ! Dans le coffre qui t'est destiné dans le carrosse de mon fils parti à la guerre, il y a des instructions très précises et assez d'or pour subvenir à tes besoins et ceux de ma fille pour toute ta vie ! Va, va ! Son coche t'attend déjà pour te mener rapidement au port et il t'escortera jusqu'à mon château secret, là-bas !

La dame en uniforme hésite un moment avant de sortir prestement en emportant seulement le bébé qui pleurniche, enrubanné dans ses couvertures.

Dès que la porte se referme, la Reine acquiesce à sa servante qui laisse entrer dans la chambre une vieille dame avec un lourd sac à l'épaule.

Sans un mot, la Reine lui remet une dizaine de pièces d'or et elle se retire en laissant le sac au sol duquel sa Majesté en extirpe un bébé immobile à la peau bleue qu'elle dépose sur une table.

— Diana, apporte vite Victoire !

Elles échangent alors les vêtements et Diana s'empresse de remplacer le bébé dans le landau royal par celui qui est décédé. À la suite d'un ordre, la dame déplace difficilement l'autre petit lit sur le mur opposé.

La Reine embrasse sa fille de quelques mois avant de la remettre dans les bras de sa servante.

— Tu connais déjà ton rôle, ma si fidèle Diana… Va rejoindre ton beau Diego qui t'attend à l'extérieur et que les Dieux soient sans cesse avec vous !

À l'instant que la porte claque, la Reine revient à la table où elle enfouit sa tête dans ses mains en pleurant le départ précipité de ses nouveau-nés, épreuve obligatoire à cause des trop nombreuses guerres avec ses voisins, ou à l'interne, et de l'omniprésence de la religion dans la vie royale.

Après un moment, où elle a salué avec un doux baiser la silhouette qui s'éloignait dans sa fenêtre, elle sonne une cloche à son côté et aussitôt, quelques hommes en armes se précipitent à l'intérieur. La Reine allonge son bras vers le landau avant de s'écraser sur une chaise avec un visage près des larmes.

— Ma fille ne respire plus…

Vittoria me surprend en s'emparant de ma main.

— Prête pour une autre balade ?

— Un instant… Qu'est-il arrivé à ta sœur ?

— Je l'ignore. Nos destins ne se sont plus croisés. En revanche, une fois, j'ai été confondue, par un marin ivre, ce qui ne veut pas dire que c'était vrai, avec une pirate écossaise qui me ressemblait énormément et qui semblait porter le même bracelet que le mien !

— C'était peut-être elle ?

— Je ne le saurai jamais parce que les Espagnols l'ont tué peu après… Mais c'est fort possible si nous avons hérité du même tempérament guerrier.

Curieusement, ça ne semble pas vraiment important à ses yeux…

Alors que ça le devrait.

Est-ce qu'elle cacherait ses réelles émotions ?

Si oui, elle est vraiment bonne à ce jeu !

J'y verrai plus tard...

Et je m'empare de la main tendue pour me retrouver sur une surface de pierre à l'extérieur où plusieurs jeunes garçons se battent les uns contre les autres avec des épées en bois sous la supervision d'adultes vêtus comme des soldats.

Quelques notables, certains en soutanes rouges ou noires, assistent à la scène. Je reconnais le visage du mince guerrier aux cheveux assez courts et aux traits fins devant moi.

— C'est... Est-ce que c'est toi ?

— Oui, Diego, mon mentor d'armes à cette époque, et le Cardinal Carafa, qui savait qui j'étais, mais qui se tenait coi en échange d'une grosse bourse en or, m'ont fait passer pour un garçon étant donné que c'était nécessaire pour m'entraîner dans ma jeunesse. Ça n'a malheureusement pas duré... Et ce, le jour de mon quatorzième anniversaire.

À ce moment, Vittoria attaque et fait

voler au loin l'épée de son adversaire, pourtant beaucoup plus grand et âgé qu'elle. Un homme vêtu de cuir s'approche en tapant dans ses mains.

— Excellent, Vito ! Par tous les saints, où as-tu appris cette manœuvre digne des plus grands guerriers ?

— De Hassan, le vieux maître de la grotte.

Il éclate de rire.

— Dis-lui que je l'en remercie, car cette botte va certainement me servir aussi, un jour ! Madre de Dios... Quelle magnifique dérouillée tu as mise au fils du gouverneur pour la troisième fois, aujourd'hui !

Vittoria se penche à mon oreille.

— Nous irons voir Hassan un autre jour...

Rouge de rage, le garçon vaincu, et insulté de surcroît par l'entraîneur, saute sur son tortionnaire. Bien que Vito-Vittoria esquive toutes ses attaques aux poings, elle riposte de façon très efficace.

Le garçon plus âgé, avec le visage

ensanglanté, réussit tout de même à empoigner la plus jeune sous son bras en fonçant sur elle comme un taureau.

Elle tourne vivement sur elle-même pour se défaire de la prise, mais tout le haut de sa chemise se déchire, laissant paraître une bonne partie de sa poitrine, ce qui stoppe brusquement le combat alors que les yeux du jeune homme ne peuvent quitter les seins naissants aux mamelons criants de vérité.

— Tu es une fille ???

Sans attendre, elle saute pour lui asséner un solide pied au menton qui l'assomme raide. Aussitôt, quelques copains du garçon tentent de le venger au moment où Diego tombe lourdement sur les fesses.

— Madre de Dios… Mon neveu Vito est une fille ? Comment a-t-elle pu me cacher ça si longtemps ? Ma sœur m'avait pourtant dit qu'elle n'avait eu que des garçons !

La jeune Vittoria se défait rapidement des trois attaquants avec ses poings et pieds qui volent dans les airs de tous côtés avant qu'elle détale vers l'extrémité du stade où elle disparaît.

Le bras de Vittoria s'allonge de nouveau vers le mien.

— Oui, mon tuteur était un excellent comédien... Ce qui lui a probablement sauvé la vie ce jour-là ! Revenons à notre lieu de rencontre. Tu es sur le point de te réveiller...

L'instant suivant, nous sommes de retour sur les petits galets. Je lorgne mon avant-bras.

— Ce bracelet est donc... vraiment magique, ensorcelé ?

Ça défie la logique la plus élémentaire...

— Hé oui ! Tu vas à présent avoir accès à plusieurs de mes techniques de combat. Laisse-moi regarder quelque chose dans ton dos. C'est très bien que tu y aies déjà le Lion de Dieu de Hassan, car il va beaucoup t'aider, surtout en cas de coup dur. Et curieusement, tu as le même que le mien avec les yeux rouges... Tu n'es que la seconde à le partager avec moi, mais nous devrons en parler lors de notre prochaine rencontre. Une dernière chose : n'oublie jamais que tu peux faire appel à moi à n'importe quel moment. Depuis que tu portes le Bracelet des mémoires, je serai plus présente dans ta vie que tu ne pourras jamais l'imaginer. Alors, n'hésite jamais à faire appel à mes services en cas de situation qui requiert des solutions physiques ou si tu as de grosses décisions à prendre.

▲

Alfred tourne comme un débile mental dans sa roulette.

▲

— Comme de m'aider en sourdine à prendre le contrôle du Dark Circle ?

Un large sourire que je qualifierais de diabolique se dessine sur son visage, ce qui m'effraie un peu, je dois avouer.

Lentement, le paysage devient fade et flou. La dernière chose que je perçois est la main de Vittoria qui me salue.

Je sens qu'on me brasse fortement l'épaule et sursaute devant un visage épouvanté de belle Russe.

— Maria, Maria ! Réveille-toi tout de suite ! Nous avons un gros problème !!!

▲

TRILOGIE DARK CIRCLE

△
-24-

ANCIEN OU NOUVEAU ?

Maria

Sans attendre une seule seconde, bien que je sente encore l'oreiller sur ma joue, je saute dans mes vêtements et file le train de Taty jusqu'à son « petit atelier » où elle prend sa place sur le siège du capitaine en allongeant le bras vers un écran qui montre un laboratoire où un homme à tête blanche manipule différents trucs.

L'un d'eux me fait aussitôt plier les genoux.

— Mon chandail… Celui que j'ai mis dans une poubelle à l'hôtel !

Ma mère-fantôme pose sa main sur sa bouche, consciente elle aussi de ce gros embêtement, tandis que ma grand-mère, qui n'est pas du tout au courant des nouvelles techniques d'enquête, semble se demander où est l'embrouille.

le doigt de Taty m'indique un autre écran montrant une table où reposent divers trucs.

— Ils ont aussi récupéré une barrette à cheveux, une brosse à dents et quelques-uns de tes effets personnels pour des analyses d'ADN. J'ai un accès à cette machine et à la banque de données... Alors, dis-moi, à qui veux-tu ressembler ?

— Je ne comprends pas...

— Qui veux-tu que leur machine identifie à ta place ?

▲

À nouveau, mon hamster s'emballe, faisant même chauffer sa roulette qui fume tant que je le perds de vue.

▲

Je n'avais pas pensé à mon ADN pour changer de nom...

J'ai lu quelque part que des jumelles identiques n'ont jamais un ADN parfaitement similaire...

Il faudrait donc que mon nouveau soit différent...

Ou mon ancien, celui de Maria ?

Grosse décision...

Impossible de retenir un lourd soupir

en face de ce dilemme.

Vittoria m'a dit que je pouvais faire appel à elle dans des cas de conscience de ce genre.

Mais je crois que cette technologie va la dépasser !

De plusieurs siècles, même…

C'est donc à moi de trouver la réponse toute seule.

Voyons les deux options.

Alors, dans le futur, comment diable vais-je pouvoir changer mon ADN en tant que Leonessa pour me démarquer de Maria ?

Impossible… Enfin, je crois !

Bien que j'aie entendu parler de thérapies géniques…

Grr… Mais c'est un truc qui n'est vraiment pas encore au point, ce qui veut dire dangereux !

Même trop dangereux !

Je n'ai donc pas le choix…

Si je veux que Maria meure, c'est l'empreinte ADN de Maria que je dois changer !

Mais est-ce seulement possible de le faire ?

Il n'y a qu'une façon de le savoir...

Lentement, je reviens dans le regard de celle qui ne m'a pas quitté des yeux, semblant jongler elle-même avec quelques scénarios.

— Dis-moi, serais-tu capable d'altérer uniquement de petits morceaux de mon empreinte ADN... comme si c'était ma jumelle ?

Taty sursaute tant que je recule d'un pas.

— Je ne l'ai jamais fait auparavant, mais oui, ce devrait être possible... Après quelques recherches sur les divers trucs que je dois modifier. Et pourquoi désires-tu faire ça ?

— Surtout pour...

Autre lourd soupir.

Dois-je lui dire ?

C'est peut-être celle qui va le plus pouvoir m'aider...

— Dis-lui tout, Leonessa ! m'ordonne presque grand-mère sous l'approbation de ma mère-fantôme.

Oui, je vais lui dire, mais pas ici.

— Nous avons à parler et j'ai aussi super soif. Pouvons-nous revenir dans la cuisine ?

Taty demeure interdite un moment avant de faire quelques manipulations à vitesse folle sur son clavier virtuel.

Elle lâche brusquement un mot en russe, probablement un juron. Son bras s'allonge vers une scène en particulier où on y voit des camions d'incendie devant un gros bâtiment industriel où des pompiers arrosent des flammes qui sont visibles sous la fumée noire.

— C'est un des entrepôts officiels de Max ?... Je suis presque certaine que c'est à cet endroit qu'était Greg, sûrement pour effacer des traces de quelque chose.

— Est-ce que ce serait possible que ce soit pour masquer ceux qui m'ont attaquée à la maison secrète de mon père et dans les tunnels ?

Elle manipule quelques touches sur ses appuis-bras et le visage holographique de Greg, avec son siège de voiture en arrière-plan, apparaît dans les airs juste devant le sien.

— Hello, N'amour ! Est-ce toi qui as mis le feu à l'entrepôt des Yonkers ?

— Oui, j'avais quelques trucs à faire disparaître.

Sûrement les gars du tunnel...

Et son ancienne belle-sœur !

— Je me doutais que c'était quelque chose de ce genre... Les pompiers sont déjà sur place. Et quand vas-tu revenir ?

— Dans environ une heure. J'ai un autre petit arrêt obligatoire à faire avant mon retour.

— Bonne bière ! lui lance Taty en éclatant de rire.

Le visage disparaît et tous les écrans s'éteignent brusquement à leur tour.

Sans un mot, elle se dirige au réfrigérateur où elle en extrait deux colas qu'elle dépose sur le comptoir. Son regard vogue autour d'elle.

— Désirez-vous quelque chose à boire, les fantômes ?

▲

J'en suis tellement estomaquée que j'en tombe presque en bas de mon banc tandis qu'Alfred s'écroule au fond de de sa roulette.

▲

Leur a-t-elle vraiment demandé ça ?

Comment diable veut-elle que des fantômes puissent prendre leurs boissons en main ?

— Une bonne bière froide ! répond prestement ma grand-mère tandis que ma mère se fait un peu tirer l'oreille.

— Une coupe de Chardonnet, si elle en a…

C'est du délire le plus total qui soit que de servir à boire à des fantômes !

J'éclate de rire comme une dingue et ne peux plus m'arrêter durant un long moment.

— Que se passe-t-il, Maria ?

Difficilement, parce que je ris encore trop, je lui donne les commandes des spectres.

— Et un bol d'eau pour Roadkill ?

Toutou lève sa tête avec sa langue pendante et de gros yeux quémandeurs.

Je me marre à nouveau en agitant mes bras en signe d'acceptation de l'offre, ne pouvant même plus parler tant je ris, à présent.

Une bière ouverte atterrit devant le siège vide à côté de Taty tandis qu'une superbe coupe d'allure très moderne se fait doucement déposer à mon côté.

— Tu vas adorer ce vin de Californie, Angie. Ça vient de notre propre vignoble… Enfin, je ne connais pas les mille détails du testament de Max, mais je suppose que c'est celui de ta fille, à présent.

Meg ! J'ai hérité d'un vignoble ?

Ce ne doit être qu'un tout petit truc artisanal…

Taty s'attarde un moment à l'évier avant de déposer un gros bol d'eau près de la base de mon siège. Toutou s'y précipite comme s'il voulait y prendre un bain, créant un méga dégât sur le plancher, mais à l'instar des chapeaux que ma grand-mère lançait dans le magasin de vêtements, et qui disparaissaient un instant plus tard, les gouttes qui traînent un peu partout sur les carreaux de travertin font de même.

Pratique...

Au moins, je n'aurai rien à ramasser !

La grande s'assoit enfin en me tendant mon verre de cola. Elle lève le sien dans ma direction.

— À la santé de la toute nouvelle Principessa... et aussi aux anciennes !

Les bouteilles et verres se cognent dans une ambiance de fête. Taty ricane.

— Si Greg était ici, je suis certaine qu'il irait s'entraîner de toute urgence avec la porte verrouillée à double tour tellement il a peur de tout ce qui est surnaturel !

— Je pense qu'il va falloir qu'il s'y habitue...

— Revenons à des trucs plus sérieux... Car tous les Italiens de notre milieu sont particulièrement lents à changer de direction, Maria. Je te recommande fortement de tout de suite reconnaître cet état de fait et de te trouver divers moyens pour contourner ce damné conservatisme qui dépasse souvent les bornes les plus évidentes.

Pourquoi diable m'a-t-elle lancé ça ?

Curieusement, ça rejoint dans le mille ce que Vittoria m'a dit...

Surtout que son ton laissait présager que j'étais pour utiliser ce conseil à maintes reprises.

— Et as-tu prévu un truc quelconque pour te débarrasser du contrat sur ta tête ?

▲

Alfred entame un sprint dément avant d'être éjecté de sa roulette.

▲

Meg ! Je crois qu'il n'y a pas mille façons de le lui annoncer...

— Je vais simplement me faire tuer !

Impossible de retenir un éclat de rire devant son visage démonté qui ressemble étrangement à celui d'une grenouille en rut qui s'est fait écrasé par une voiture. En fait, le même que celui de ma grand-mère à son côté.

▲

TRILOGIE DARK CIRCLE

△
-25-

UNE CONDITION ESSENTIELLE

Maria

Taty tente depuis un moment de parler, mais rien ne sort.

— Pour éviter les problèmes, je dois reprendre mon nom d'origine.

— Leonessa Barzetti ? Enfin, je crois.

— Comment sait-elle ça ? Greg lui a dit ? s'insurgent les fantômes.

Satanée bonne question !

— Voilà quelques semaines, ton père a fait ouvrir un compte bancaire à ce nom pour y transférer tous les divers paiements reliés à notre centre décisionnel... C'est la maison où tu as été avec Greg par les tunnels. C'est moi qui lui ai fourni les faux-papiers... Et à voir ton visage, il est assez évident que j'ai frappé dans le mille !

▲

Alfred pédale à présent si vite que sa roulette s'élève.

271

▲

Que dois-je faire, ou dire, à présent ?

Mon vrai nom était censé être un des plus grands secrets de ce monde...

Plus que celui des extraterrestres !

Meg ! Même le FBI n'en a absolument aucune idée !

Sans parler de Greg, le meilleur ami de mon père, qui l'ignorait jusqu'à ce matin !

Je consulte mes ancêtres qui sont aussi confuses que je le suis.

Mon regard croise celui de la belle Russe qui semble prendre un malin plaisir à attendre ma réponse.

Curieusement, je crois qu'elle va vite devenir ma meilleure alliée !

Ou ma pire ennemie ?

Non, alliée...

Définitivement alliée.

Je reviens vers ma mère qui acquiesce timidement tandis que ma grand-mère semble encore peser le pour et le contre.

Deux pour...

Que Grand-mère dise n'importe quoi, ça ne changera rien.

Je relève mon torse.

— Oui, je suis bien Leonessa Barzetti !

Le lourd soupir de ma grand-mère m'indique qu'elle votait contre cet aveu.

Trop tard, Grand-Maman !

Je pointe ma poitrine.

— Je veux éliminer cette Maria-ci pour ensuite me faire passer pour ma jumelle du Mexique et…

— Non, Costa Rica ! Les papiers que j'ai fabriqués pour toi sont tous en relation avec une immense villa sur un domaine de plusieurs kilomètres carrés que ton père possède sur les rives du Pacifique.

J'éclate de rire sans réelle raison.

— Alors, ce sera de ce pays !

Taty serre les poings en marmonnant un truc bizarre, probablement en russe.

— Je me pose une grosse question depuis que j'ai fait ouvrir ce compte… Est-ce que ta mère adoptive connaît ton véritable nom ?

▲

Mon hamster tombe encore en bas de sa roulette pour culbuter tellement longtemps que je le perds de vue.

▲

Meg ! Foutue bonne question !

— Je n'en ai aucune idée !

Elle serre les poings.

— Ça ne m'étonnerait pas, tu sais… Parce que Max lui a envoyé de très gros montants d'argent, surtout durant sa campagne électorale. En revanche, je n'ai aucune preuve qu'elle le sait vraiment, et moi, j'ai besoin de bonnes preuves avant de croire à quelque chose !

Ce qui est très bien…

En plein ma façon de penser !

Taty indique les consommations de chaque côté de nous.

— Et elles, sont-elles au courant si ta mère sait quelque chose à ton sujet ?

À nouveau, mes ancêtres sont dans le cirage et je ne peux que hausser les épaules.

— Nous regarderons cet important détail plus tard, bien qu'il risque fort de se retourner contre nous à un certain moment… Probablement même à court terme. Alors, comment comptes-tu procéder ? Tu veux te présenter à la grosse réunion d'urgence du Cercle de demain matin ?

— Déjà ? crie presque ma mère, dans mon dos.

Ma grand-mère déplace nerveusement son chapeau.

— Ça fait beaucoup de choses à planifier en peu de temps !

En effet… Beaucoup trop, même !

— Réponds-moi… Leonessa. Est-ce à cette réunion ?

— Oui, mais je croyais qu'elle serait plus éloignée dans le temps et…

Elle lève autoritairement la main avec un visage dur.

— Grosse question avant tout… Qui sait ton véritable nom ?

— Il n'y a que toi et Greg… et Faustino Gaminosi.

Sa tête recule brusquement.

— Et pourquoi ce Parrain le connaît-il ?

— Parce que je lui ai dit. Il va m'aider à me faire entrer au Conseil du Dark Circle !

— Tu ignores vraiment à quel point tu joues avec de la dynamite en t'approchant de cet homme. À moins que… Dis-moi, aurais-tu déjà un plan ? Au moins, une idée pour entrer dans la salle ? Tu ne lui as probablement pas révélé ton véritable nom sans raison…

J'hésite, car oui, ma grand-mère avait esquissé quelques bribes de son plan, mais sans élaborer sur les détails qui étaient, au gros minimum, fort nébuleux.

— Je vais me cacher dans le bâtiment avant la réunion et je sortirai lorsqu'elle aura lieu… Parce que tous seront assommés par du poison que j'aurai mis dans la ventilation.

— Poison… Quel poison ?

— Du « Parfum du Diable » !

Les yeux de la Russe s'écarquillent.

— Donc, Vito est déjà impliqué lui aussi… Mais il sait tenir sa langue !

Ses poings se serrent à quelques reprises avant qu'elle se lève promptement pour disparaître dans son bureau. Elle en revient avec un ordinateur portable qu'elle dépose devant elle.

— Nous allons avoir besoin de plusieurs trucs… et de gens pour nous aider. Alors, pour commencer, dis-moi les grandes lignes de ce que tu comptes faire.

▲

Alfred cesse de tourner pour monter sa petite patte au menton avant de repartir à grande vitesse.

▲

— Une chose est certaine, il faut que je me tue… Sans réellement me tuer. Et je tiens beaucoup à cette condition essentielle !

▲

TRILOGIE DARK CIRCLE

△
-26-

LA RÉPONSE EST EN MOI

Maria

Nous éclatons de rire, autant les vivantes que les fantômes, mais Taty y met brusquement fin.

— Il est important de demeurer sérieuse, Leonessa !

Je sais, mais comment diable vais-je être en mesure d'aussi remplir mon rôle de Principessa ?

Surtout si je suis morte ?

« Si tu veux vraiment disparaître et prendre le contrôle du Dark Circle, il y a moyen de remplir tes deux objectifs en même temps, Leonessa. Cherche bien en toi. Toutes tes réponses y sont », fait la voix de Vittoria, entre mes oreilles, ce qui me pétrifie quelques secondes.

Elle avait bien dit qu'elle m'aiderait...

Mais je ne m'attendais pas à ce

qu'elle le fasse ainsi !

C'est surtout la façon d'accomplir ces deux choses en même temps qui me tracasse...

Parce que je n'en ai aucune idée !

Mais je peux au moins lui dire de l'inscrire...

— Et de prendre le contrôle du Dark Circle !

— Oh ! Rien que ça ? D'accord...

Son visage abasourdi m'indique que c'est une grosse commande.

Trop grosse ?

— Je crois que c'est un peu prématuré, ma fille...

Non... La réponse est en moi !

— As-tu d'autres objectifs ?

— Rester vivante est le point suivant !

— C'est-à-dire de te remplacer par toi-même...

Un petit sourire commun m'assure que j'ai atteint la fin de mes buts à court terme.

— Nous avons donc trois objectifs distincts et nous allons les aborder séparément avant de les relier. As-tu déjà une idée comment te faire disparaître ?

— Par le contrat faussement rempli serait la meilleure option, je crois…

— C'est assez facile à maquiller, mais nous allons avoir besoin de Greg… Et de quelqu'un qui lui ressemble beaucoup. C'est un sale truc que nous avons déjà fait voilà quelques années et avec un tout petit peu d'organisation, c'est assez simple à réaliser. En revanche, il faut…

Son regard se perd soudainement dans le vide. Elle demeure ainsi immobile, comme une statue, durant un moment, avant qu'elle sursaute pour pianoter à toute vitesse sur son portable. Elle tourne son écran vers moi. Je suis surprise d'y voir le nom d'une compagnie d'alarmes dans un coin.

— Voici les plans de la bâtisse… surtout de l'emplacement des caméras. Regarde dans le parking souterrain. Comme d'habitude, il y en a plusieurs près de l'entrée et des ascenseurs, mais très peu au fond. C'est certain qu'il y aura de petites zones qui ne seront pas couvertes et nous allons en profiter. Malheureusement, sur ce plan, je n'ai pas la direction vers où pointent ces caméras !

— Sont-elles connectées à un réseau ?

Un large sourire me répond.

— Je vais m'occuper de ce petit détail à ma façon. N'oublie pas que j'ai entièrement accès à cet immeuble parce que c'est une de nos compagnies satellites qui le loue… Et je vais en profiter pour y trouver un endroit à l'abri des caméras ! Donc, si on part de l'hypothèse que Greg te tue dans le garage, ce qui annulerait le contrat sur ta tête et légitimerait ta nouvelle identité, quelle serait la suite ?

▲

Alfred tangue un peu dans sa roulette.

▲

Elle en a dit beaucoup en peu de temps…

— La suite serait que j'assiste à la

réunion des patrons du Dark Circle... Surtout pour en faire partie en tant qu'héritière Barzetti ?

Nouveau lourd soupir avant qu'elle éclate de rire.

— Très facile... si Don Gaminosi veut coopérer avec nous, car aucun n'a d'arme sur lui durant cette réunion !

Bien heureuse d'être rassurée que je ne ferai pas tirer dessus comme un lapin lorsque j'arriverai !

— Je suis certaine qu'il n'y aura aucun problème avec Don Gaminosi, Taty.

— Il y a définitivement un truc entre vous que tu ne me dis pas... Et pour une rare fois, je ne veux pas vraiment le savoir ! Je vais te faire confiance sur ce point.

Trop intelligente...

— Et le gaz à base de poison que ma grand-mère a fait fabriquer va nous y aider, je crois... Bien qu'elle ne m'ait pas encore dit comment l'utiliser.

Elle s'insère entre nous.

— Chaque étage aura son lot qui va assommer tous ceux qui y seront, même ceux dans des pièces fermées, mais il devra y en avoir un que pour la salle de réunion parce qu'elle est isolée du reste de la bâtisse... Du moins, elle l'était voilà 20 ans !

Je transmets ce message à Taty et après quelques rapides recherches, elle me confirme qu'effectivement, la salle est autonome... À un détail près.

— Sur le plan, il est écrit qu'il y a un accès de service... Mais j'ignore comment il est fait, ni si on y accède par le plafond ou la pièce dessous. Je suis désolée, mais tu vas devoir naviguer à l'aveuglette pour celui-là, car il faut absolument que tu places ton diffuseur de gaz ici, à cette jonction qui est complètement à l'abri des regards lorsqu'ils feront l'inspection des conduits avant la réunion.

J'examine un moment le plan à mon tour et devant le peu de détail, je dois m'avouer vaincue.

— Je trouverai bien cet accès lorsque je serai sur place...

— Tout ne sera pas aussi facile que tu

le crois, Leonessa ! Oui, je vais te guider pas à pas à partir d'ici, mais ce n'est jamais simple… Jamais ! Il y a malheureusement toujours des petits trucs qui accrochent et que nous devons régler en un clin d'œil.

— J'ignore pourquoi, mais je te fais confiance !

Elle ferme les yeux avec un large sourire et semble tout à coup heureuse, comblée.

Avant que son visage s'assombrisse.

— Tu es vraiment comme ton père… Laissons les émotions de côté et continuons. Nous le pleurerons plus tard !

Je sens qu'elle refoule une montagne de peine…

▲

△
-27-

PENDANT

Maria

Taty soupire lourdement.

— Si tu le veux bien, je vais agir avec toi comme avec Greg ou ton père, c'est-à-dire que je vais seulement te mettre au courant des trucs que tu vas… ou qui vont te toucher directement, sinon tu en auras trop en tête.

— Pas une mauvaise idée… Enfin, je crois.

— Parfait ! Reprenons du début. Primo, tu dois t'introduire dans le bunker du Dark Circle, ce qui est fort simple. Secundo, tu dois y planter tes diffuseurs à gaz toxiques. Facile ici aussi. Tertio, tu dois entrer dans la salle de réunion… Moins évidente, celle-là ! Mais à quel moment de cette opération ton ancienne toi doit-elle mourir ? C'est ce point qui sera le plus délicat à planifier… Car je sais déjà comment Leonessa va apparaître !

Je recule dans ma chaise.

— Et comment vas-tu t'y prendre ?

— Avec ton avion… Mais tu n'as pas besoin de connaître les détails.

— Depuis quand j'ai un avion ?

— Ton père se promène… se promenait souvent d'un bout à l'autre de la planète. C'était un véhicule essentiel, dans son cas ! Et il est à toi, aujourd'hui.

— Si tu le dis…

Meg ! En plus, j'ai aussi un avion à présent ???

À ce moment précis, un lourd silence nous envahit alors que nous sommes toutes deux devant son écran. Plus les fantômes pour être plus précise. Des idées, des trucs à ne pas oublier, commencent à émerger de plus en plus. Sous les nombreuses interventions de celles autour du comptoir, elle ajoute à toute vitesse des points divers à sa feuille, souvent écrits en russe ou en acronymes indéchiffrables, tandis que je tente de déterminer à quel moment idéal Maria doit crever.

Avant ou après la réunion ?

C'est un détail vraiment méga important...

Surtout si je veux prendre le contrôle du Cercle par la même occasion.

▲

Soudainement, Alfred s'envole dans sa roulette avec un casque de pilote sur la tête alors que des images me passent en tête, un peu comme un film coupé, et...

▲

— Je sais ! Ce sera PENDANT leur réunion !!!

J'ai tellement surpris Taty avec ce constat que j'ai crié à tue-tête qu'elle passe bien près de tomber en bas de son banc avec un hurlement tandis que grand-mère pose une main sur son cœur qui vient de défaillir, je crois.

Nous discutons un long moment de mon idée, que Taty et les fantômes ont trouvé absolument brillante, avant que ma grand-mère s'immisce entre nous.

— N'oublie surtout pas que ton Paul doit absolument participer à l'opération ! Il est la clé qui va donner de la crédibilité à ton décès et changement de personne !

— Oh, il n'y a rien de prévu pour lui, Grand-mère !

— Alors, trouve-lui un petit poste honorifique à combler où il pourra tout voir... Enfin, où il verra ce qu'il devra voir, soit le tir et ton cadavre, pour le rapporter à la police !

Taty se tourne vivement vers moi.

— Est-ce que 'Ursula la lame' a trouvé un problème dans mes plans d'opération ?

— Problème ? Non... C'est plus un ajout important à y faire.

Je lui explique les besoins essentiels entourant Paul.

— Tout voir... Le seul endroit où il pourrait tout voir serait qu'il soit directement dans la salle de surveillance. Mais comment l'y faire entrer ? Il y a une personne en permanence à ce poste durant les réunions !

— Ces pièces sont toujours fort ventilées, nous coupe ma mère-fantôme. Il n'a qu'à se défaire du garde avec une fléchette soporifique tirée depuis la grille de ventilation du plafond et le remplacer durant le temps nécessaire avant de repartir par où il est venu.

Je passe le mot à Taty qui approuve et tape de nouveau avant de brusquement cesser pour se tourner vers moi.

— Un instant... Il doit VOIR les écrans pendant les événements ET se faire interroger par la police, mais...

Elle demeure silencieuse durant un moment, avec les yeux dans les miens, son hamster semblant tourner à la vitesse de la lumière, avant de me faire part de ses craintes à propos de la sécurité du beau blond au milieu de tous ces gens armés et nous décidons de faire une petite modification au plan de ma mère.

Je bâille de nouveau, m'arrachant presque la mâchoire cette fois, ce qui fait rigoler la grande Russe.

— Il ne reste plus que de petits détails à peaufiner... et moi, à trouver comment te créer une jumelle. Je te recommande d'aller dormir quelques heures parce que ta matinée sera vraiment intense et va commencer très tôt !

Si elle n'avait pas voulu que je retourne me coucher, je crois que de toute façon, je me serais endormie sur le comptoir...

▲

Comme Alfred qui ronfle déjà au fond de sa roulette.

▲

Lentement, avec la tête déjà sur l'oreiller, je retourne vers la chambre, mais dès que je m'étends, Taty cogne et entre sans attendre ma réponse. Les tubes reliés à un sac en plastique transparent qu'elle a dans les mains m'effraient au plus haut point.

Non ! Pas de piqure !

— Désolé, mais je dois te faire une prise de sang avant que tu t'endormes...

Tout, mais pas ça !

— Pourquoi as-tu besoin de ça ?

— Élément essentiel à ton maquillage lors de ton décès et je le fais ce soir, car je veux te laisser le temps de t'en remettre avant l'opération.

Le doigt de ma mère-fantôme indique

ma tortionnaire qui affiche un sourire en prenant place à mon côté sur le lit.

— Laisse-toi faire, Leonessa. J'ai une bonne idée pour quelle raison elle en a besoin... Et tu dois te douter que les Principessa n'ont habituellement pas peur du sang.

Je suis presque certaine que je vais changer cette tradition !

Vaincue, je ferme les yeux tandis que Taty tapote mon bras. Un pincement dans mon coude m'arrache une grimace. Elle se lève alors que ma pression interne baisse enfin... mais je conserve mes yeux clos.

— Je reviendrai te libérer de tout ça dans quelques minutes et je m'occuperai de 'Vito le parfumeur' tout de suite après.

Mais je l'ai à peine entendue, car tout mon corps est à présent engourdi...

Et me voici de nouveau sur la plage de galets ensoleillée.

▲

293

△
-28-

PLAN DE VOL

Tatyana

Dès qu'elle quitte la chambre de la nouvelle princesse de la Cosa nostra, Tatyana Tymko se lance dans son bureau avec une paire de fantômes à ses fesses.

Après quelques manipulations dans les airs, un visage holographique joyeux apparaît devant elle.

— Hello, Cresus ! Comment va la vie sous le soleil ?

— La vie est si douce avec mon ange, ici… Pourvu que tu ne m'appelles pas pour l'avion ! Alors, où et quand ?

Tatyana éclate de rire.

— Toujours aussi direct… Départ urgent pour Tampa, en Floride, afin d'y prendre un passager que tu dois nous livrer à notre hangar, ici, à Newark. Je te fournirai tous les détails durant le vol. Tu décolleras de San Juan avec des passagers, dont ta sœur Andra… Mais je dois lui parler avant le départ. Est-ce qu'elle est là ?

— Oui, mais elle se préparait à aller au lit avec un des nouveaux mignons jardiniers.

— Arrête-la d'urgence ! Je dois sans faute lui parler tout de suite parce qu'elle va devoir remettre à plus tard cette soirée chaude. J'ai absolument besoin d'elle, ici, à New York.

— Madre de dios... Elle ne sera pas contente, notre petit volcan !

Après sa gentille conversation incendiaire avec la dame fort outrée de voir sa douce soirée interrompue, Tatyana se lance dans la chambre de Leonessa où elle est heureuse de constater que le sac de sang est bien rempli.

Est-ce que je lui ajoute une petite bouteille en plus ? Oui, elle va en avoir besoin pour le maquillage final...

L'instant suivant, un nouveau sac est accroché au bras. Elle attend un moment avant de tout débrancher en apposant un tampon sur le trou de l'aiguille et elle revient prestement dans son bureau après un détour au réfrigérateur où elle y a déposé ses « accessoires obligatoires » servant à peaufiner sa dissimulation.

— Bon, réglons le cas de 'Vito le parfumeur', à présent…

▲

TRILOGIE DARK CIRCLE

△
-29-

EN ESPAGNE

Leonessa

Le chant des goélands au-dessus de ma tête m'étonne autant que le soleil qui me chauffe la peau alors que ça ne fait que quelques secondes que je me suis endormie.

Ça n'a vraiment pas été long pour me rendre ici, cette fois !

Je me tourne vivement vers la grosse roche à ma droite et lentement, une forme humaine apparaît en rigolant.

— Tu t'ennuyais déjà de moi ?

— Ce n'est pas vous qui m'avez fait venir ?

— Plus ou moins… Pour dire vrai, moins que plus, à cette occasion, me répond-elle avec un large sourire en sautant dans les galets pour me rejoindre de son pas altier. Te sens-tu prête pour une autre petite visite dans le passé ?

— Pourvu que l'on revienne assez tôt

parce que j'ai quelque chose que je ne peux manquer, ce matin !

— Je sais…

Je m'empare de la main qu'elle me présente et on se retrouve sur ce qui me semble être un vieux bateau de bois… où ça sent terriblement mauvais !

Une jeune femme à cheveux courts passe à notre côté sans nous voir pour disparaître derrière une petite porte sous le pont supérieur. Vittoria me fait un signe de la tête de la suivre alors qu'elle traverse le mur vers la pièce, mais j'hésite à l'imiter.

▲

Alfred sprinte comme un dingue dans sa roulette.

▲

Rien de tout ceci n'est réel…

Ce n'est qu'une image du passé…

Un rêve !

Et j'avance à sa suite pour me retrouver dans une toute petite chambre en ne sentant absolument rien sur mon corps.

— Cool !

— Je vais t'enseigner comment utiliser ceci dans ton époque. Tu verras que c'est souvent fort pratique !

— Tu… Je peux aussi faire ça dans la réalité ?

— Dans TA réalité, oui. Regarde bien, à présent, car je suis persuadée qu'il y a plusieurs détails que tu n'as pas vus lorsque tu as enfilé l'anneau.

Mon attention revient sur la jeune femme qui discute avec une vieille dame qui lui demande d'enlever le haut de sa robe et de s'asseoir sur le lit alors qu'elle vérifie que la porte est bien verrouillée. D'un sac de cuir, elle remet un écrin contenant le bracelet à Vittoria qui semble fort perplexe.

— Votre digne mère ignorait les effets que cet anneau magique pourraient vous occasionner, Princesse, et elle m'a fait jurer de veiller sur vous durant ce grand moment, dit-elle en lui remettant une magnifique petite dague en or. Le premier jalon de ce lien de sang est que vous devez reproduire dans la peau de votre avant-bras gauche le sigle sacré qu'il y a sur le bracelet.

— DANS ma peau ?

La vieille dame hoche la tête avec une petite moue triste.

Semblant déjà découragée, ce que je comprends très bien, l'ayant vécu ce matin même, la jeune Vittoria prend une grande respiration avant de s'attaquer à cette douloureuse tâche où elle ne crie point, mais grogne sans cesse, tout comme moi, si je me rappelle bien. La dame lui sourit en lui remettant la boîte du bracelet.

— Selon ce que j'ai vécu dans le passé avec ce genre de rite, il est préférable que tu sois couchée lorsque tu enfileras l'anneau.

Nouvelle longue hésitation où la jeune Vittoria ferme les yeux avant de s'étendre avec le bijou en main qu'elle place d'un côté et de l'autre au-dessus de son poignet ensanglanté.

— Dans quel sens va-t-il ?

Je sursaute en jetant un œil à mon propre bracelet.

Meg ! Je ne me suis même pas posé la question…

La Vittoria adulte se penche à mon oreille.

— Il fonctionne des deux côtés. Sa puissance n'est pas dans l'inscription.

Une sacrée chance !

La vieille dame l'examine un moment tout en prenant bien soin de ne pas y toucher.

— L'incantation semble être reliée à un élément à l'intérieur... Alors, n'importe quel sens fera déferler sa magie en toi.

À nouveau, la jeune femme respire profondément à plusieurs reprises avant de l'apposer fermement sur son poignet en sang, ce qui lui arrache une petite plainte et elle le referme après une dernière hésitation.

Aussitôt, elle arque son dos en s'emparant de son crâne à deux mains alors que je perçois bien une faible lueur rougeâtre illuminant son bras en partant du bracelet pour se répercuter jusqu'à la base du cou où elle se dissipe partout autour de sa tête, lui donnant un genre d'auréole enflammée, mais elle s'estompe rapidement.

Je recule d'un pas dès que je remarque que ses yeux entrouverts sont légèrement luminescents et laissent s'échapper une douce lueur bleuâtre.

▲

Alfred cesse brusquement de tourner avec des yeux dix fois plus grands que la normale.

▲

Mais quelle est cette connerie ?

C'est contraire à toutes les lois de la physique !!!

Je jette un œil au visage amusé de Vittoria alors que le corps encore arqué de la jeune femme en sueur s'écrase lourdement sur le lit où ses yeux et son corps perdent de leur douce luminosité avant de s'éteindre complètement.

Est-ce que c'est ce qui m'est arrivé à moi aussi ?

Je n'ai pas le temps d'y penser davantage, car la Vittoria adulte allonge son bras vers le mien.

— Un petit voyage en Espagne ?

J'ai toujours rêvé de visiter

l'Espagne !

Viva España !

La seconde suivante, nous sommes transportés dans une énorme pièce où de magnifiques meubles fort travaillés, dont un ahurissant lit à baldaquin, sont adossés à des murs en pierres taillées sur lesquels sont étendues quelques longues tapisseries représentant des scèncs de l'époque des croisades. Un doux parfum semblable à de l'encens embaume l'air.

Je reconnais immédiatement la jeune femme vêtue d'une superbe robe bourgogne qui a ses mains au-dessus d'un fin poignard reposant sur une desserte au milieu de la pièce.

Son regard se déplace lentement de la dague jusqu'à une haute armoire au mur. Sans qu'elle ne lui touche, l'arme décolle brusquement comme un boulet de canon pour esquinter le coin du grand meuble avant de retomber au sol.

— Encore dans le mauvais sens… Mais pourquoi diable n'est-ce pas la pointe qui est devant ? Qu'est-ce que je fais de mal ? grogne-t-elle au moment où une jeune femme lui ressemblant un peu, mais dix fois plus richement vêtue et portant une petite couronne, entre sans cogner.

— Vittoria ! Tu dois partir tout de suite ! Le garde qui t'a vu faire ta magie hier a parlé et je sais que le bataillon du damné Inquisiteur personnel du Pape est maintenant à tes trousses. Suis-moi vite, ils vont arriver ici dans très peu de temps !

La Vittoria fantôme se tourne vers moi alors que les deux femmes quittent la pièce au pas de course, mais non sans que la jeune guerrière ait enfilé un large ceinturon contenant plusieurs dagues et une longue épée… qui est identique à celle que sa version adulte porte en ce moment à mes côtés.

— Et qu'as-tu appris, ici, Leonessa ?

— Que tu lances des couteaux sans même leur toucher ? C'est impossible…

— Oui, c'est possible pour nous et c'était un des points que je désirais que tu voies, mais quel est le plus important ?

— Je ne sais pas… Que c'est ici que tu as trouvé ton épée ?

Elle éclate de rire.

— C'est vrai, mais il y a plus… On nous craint depuis toujours, ma petite lionne ! Chaque Principessa de ton passé l'a vécu et toutes tes suivantes le vivront à leur tour. Cet état de fait entraîne de bons et de mauvais côtés. Tu devras sans cesse travailler dur afin que les gens perçoivent que ce que nous sommes est profitable pour eux. Viens, je vais te donner des pistes comment y parvenir.

▲

△
-30-
CLÉ MAÎTRESSE

Tatyana

Dès qu'elle quitte le livreur du 'Parfumeur' qu'elle craint tant, même s'il lui a laissé deux pages de notes et d'instructions à suivre, Tatyana Tymko se déplace de quelques rues avant de s'immobiliser dans une zone sans surveillance.

Gaminosi...

Je ne lui fais tellement pas confiance !

En revanche, il semble que j'en sois la seule...

La dame baisse la tête.

Mais cette fois, je me dois absolument de lui parler.

Et ce, même s'il a fait descendre ma meilleure amie !

Parce qu'il est définitivement la clé maîtresse du plan de Leonessa... Sans lui, tout foire !

Elle respire profondément à plusieurs reprises avant d'enfoncer les touches de son téléphone.

— Bonjour, je suis Tatyana Tymko, l'adjointe principale de Max Barzetti. J'ai besoin de parler de toute urgence à Don Gaminosi... à propos d'une petite princesse.

Les haut-parleurs de son véhicule émettent de curieux sons de changement de ligne avant qu'une voix chaude résonne.

— Ça fait longtemps, Taty...

L'ancienne call-girl soupire avant de prendre son courage à deux mains.

Je dois agir comme si je ne voulais pas l'égorger de mes propres mains avant de le faire cuire à petit feu...

▲

310

△
-31-
LE DÉBUT

Leflore

L'agent spécial Leflore, du FBI, et son collègue, l'agent Thompson, arrivent en catastrophe sur les lieux d'un autre incendie que les pompiers ont terminé d'éteindre. Ils se lancent ensemble vers le chef de la section scientifique qui marche lentement au milieu des lumières clignotant comme un sapin de Noël géant.

— Combien de morts en tout, cette fois, Gorman ?

Son vieil ami, épuisé après cette journée où les scènes de crimes ont surgi partout à un rythme frisant la démence, baisse la tête.

— Je ne sais plus… Je suis à bout de forces et j'ai mis la petite Hart responsable du côté CSI de cette affaire, mais je crois que c'est le superviseur lui-même qui va s'occuper de l'enquête comme telle de cette scène-ci.

Ils remercient l'homme qui semble sur le point de s'effondrer et Thompson entre à pas rapides dans la bâtisse. Leflore demeure un moment en retrait, jaugeant les dangers reliés à la structure qui est peut-être endommagée, mais après cette nouvelle hésitation, se décide enfin à suivre son collègue de grande taille. Les deux agents cessent de marcher dès qu'ils traversent la porte, car plusieurs corps calcinés parsèment le plancher à leur droite, dans l'espace à bureau du gigantesque entrepôt.

Leflore serre les poings.

— Un autre massacre…

Une courte dame à la peau blanche s'approche.

— Hello, Leflore. Vrai beau gâchis, encore… Viens, le superviseur nous attend à l'étage.

À nouveau, l'agent spécial hésite avant de passer cette porte, mais une petite dame derrière lui le fait avancer avec une claque enjouée sur une fesse… qui, cette fois, reçoit un regard désapprobateur de son amant occasionnel. Dès qu'ils pénètrent dans la grande pièce où s'affairent déjà quelques techniciens au milieu des flaques d'eau, les deux agents ont la même réaction devant l'homme adossé au magnifique bureau de bois.

— C'est Don Barzetti ? C'est donc ici qu'il s'est fait descendre ?

— Effectivement, Leflore.

Thompson, le visage inquiet, lorgne un truc rouge au centre de la pièce.

— Ai-je la berlue ou si ce bidon semble encore à moitié plein ?

Leflore recule d'un pas avec un visage près de la panique.

— Bidon... d'eau ou d'essence ?

La petite dame ricane en s'approchant.

— D'essence, Marcus... N'aie pas peur, il n'y a plus aucun danger. Ces imbéciles l'ont certainement laissé ici pour qu'il explose et efface ainsi toutes leurs traces, mais ils n'ont pas pensé qu'en refermant la porte de cette pièce insonorisée, ils éteindraient simplement leur incendie ! De véritables idiots de première…

Le pouls de l'agent spécial redescend à un niveau plus acceptable et reprend aussitôt contenance avec sa cervelle en surchauffe.

— Ce n'est donc pas le Team Omega qui a allumé l'incendie ! Alors, qui ?

Thompson se tourne vivement vers le superviseur qui écoute en silence tout en jetant un œil sur le bureau qu'un technicien nettoie.

— Superviseur, avez-vous trouvé des cartouches de 10 mm ici ?

— Non, pas à ma connaissance, Thompson. À vrai dire, nous n'avons retrouvé aucune cartouche. Ils ont dû toutes les ramasser avant de mettre le feu à la bâtisse… Pourquoi cette question ?

Les agents se regardent en serrant les dents.

— Quelque chose cloche… Celui qui l'a tué serait-il calciné en bas ?

Le superviseur s'approche d'eux

— Et ce serait donc un simple

règlement de compte entre gangs rivaux à propos de qui descendrait Barzetti le premier ?

— Non, ça ne tient pas la route parce qu'il a été abattu ce matin et qu'ils ont fait flamber cet entrepôt cette nuit... C'est autre chose, Superviseur.

L'agent supérieur grogne, faisant sursauter les deux hommes devant lui.

— Plusieurs trucs ne tournent pas rond dans cette histoire... Pourquoi est-ce que la tête de la fille de la Congressiste Lopez a-t-elle été mise à prix immédiatement après cette élimination ? Est-ce une coïncidence ou est-ce relié ?

Leflore, semblant furieux, recule de quelques pas.

— C'est assurément relié, Patron... Donc, tout ce qu'il y a ici est complètement illogique ! Alors, récapitulons ! Cet entrepôt est de toute évidence le début de cette folie meurtrière... qui implique aussi la fille de la Congressiste !

Le doigt du superviseur indique le cadavre à leurs pieds.

— Une autre question me tracasse depuis ce matin, les gars : si ce grand Parrain vaut cinq millions... Alors, pour quelle foutue raison cette jeune Maria Lopez est-elle si importante qu'elle en rapporte le double ?

Thompson doit prendre appui sur le bureau pour ne pas s'effondrer, ce qui le gratifie d'une belle remontrance par le technicien qui s'y affaire alors que Leflore revient près de son patron.

— La grande question que je me pose depuis le début est plutôt : qui est à sa poursuite... Ou qui l'a déjà ? Aussi, qui tente de la protéger avec des gars des forces spéciales ?... Et pourquoi diable ont-ils fait flamber cette bâtisse une dizaine d'heures après le premier meurtre, bordel ? Pour cacher quoi ???

Du bureau, Thompson lève la main.

— Et si Maria s'était libérée pour se réfugier ici en pensant que ce serait la dernière place qu'ils la chercheraient ?

Leflore baisse les épaules avant de brusquement relever la tête.

— Oh ! Fort possible… Mais alors, pourquoi n'y a-t-il aucune trace des commandos des forces spéciales, ici ? J'ai besoin d'aspirines d'urgence !

Mais Thompson le dépasse pour sortir prestement de la pièce.

— Et moi, je vais fouiller plus en profondeur sur qui est VRAIMENT cette Maria Lopcz que je croyais connaître parce qu'il y a définitivement quelque chose qui ne tourne pas rond avec elle !

Le technicien s'occupant du bureau tente de capter l'attention de son supérieur en agitant une note dans une pincette. Devant sa vaine tentative, il s'en approche à pas rapides.

— Je viens de trouver quelque chose de très intéressant sous cette lampe à propos d'un de vos nombreux suspects potentiels, Superviseur !

Le patron lui arrache presque le petit bout de papier des mains.

— « Besoin de trois jours de congé d'urgence pour préparer la maison de Mamma à cause de l'ouragan qui approche. » Et c'est signé Greg... Nous savons où se terre notre suspect numéro un, à présent !

▲

△
-32-

RECONNAISSANCE

Tatyana

Sous l'œil attentif d'Ursula, Tatyana Tymko déplace pour la dixième fois une grosse camionnette dans le parking souterrain de l'un des immeubles de son patron décédé qui abrite en secret une des salles de réunion du Dark Circle, celle de New York.

Son attention est plutôt concentrée sur l'écran de son ordinateur portable qui lui montre la prise de vue en circuit fermé de la caméra à sa gauche, la seule du parking qui ne renvoie pas une image fixe au centre de contrôle depuis cinq minutes, mais plutôt une image réelle directement à son appareil.

Satisfaite, elle enfile des gants et sort de son véhicule pour se placer un peu plus loin en ayant toujours son ordinateur en main. Elle s'accroupit et un large sourire ensoleille son visage alors qu'elle dépose un vieux morceau de carton au sol après avoir fait une autre prise d'écran qu'elle

319

enregistre aussitôt.

Elle se déplace lentement avec l'écran devant ses yeux jusqu'à ce qu'elle arrive sous une bouche de ventilation. Elle prend plusieurs autres clichés précis de cet endroit, de même qu'à l'arrière d'un monte-charge de service où un petit accès près du plafond est situé au-dessus d'une haute pile de palettes en bois.

— On ne la verra pas du tout, ni à l'entrée ni à la sortie... Parfait ! triomphe-t-elle en analysant les lieux dans leur ensemble.

D'un pas rapide, elle se dirige vers un ascenseur central avec l'œil toujours rivé sur son écran. Dès qu'elle y pénètre, elle clique à plusieurs reprises en direction du plafond avant qu'elle en sorte prestement lorsque les portes se referment sur le fantôme qui la suit partout.

Encore mieux qu'espéré s'ils passent par ici !

La belle dame revient derrière le monte-charge pour s'emparer de l'une des palettes qu'elle dépose au-dessus de son petit carton qu'elle ramène par-dessus. Elle s'assoit sur le morceau de carton qu'elle déplace sans cesse avec elle sans que son regard ne quitte son écran. Après un dernier essai, où elle s'est penchée vers l'arrière, elle esquisse un sourire espiègle, presque sadique, le même que celui du fantôme.

Elle prend quelques autres clichés de son écran avant de sortir à pied de l'enceinte de béton en remettant le système des caméras en marche.

C'est sa seule chance de réussite... Même si je suis presque certaine qu'il y a trop d'impondérables en compte et qu'elle ne se rendra pas jusqu'à la salle vivante... Mais il faut absolument que je fasse en sorte que ça fonctionne parce que mon Greg joue aussi sa vie dans ce coup foireux !

La Russe baisse la tête et soupire lourdement.

Je n'aurais jamais dû accepter de mêler Greg à cette mission-suicide... La petite n'a aucune expérience de ce genre d'opération merdique de grande envergure... Il n'y a pas une chance sur mille qu'elle se déroule bien !

Nouveau grognement.

Sans parler de son faux-alibi, son Paul, qui peut tout faire dérailler avant, pendant et après cette opération... Mais je vais lui cacher un mini détail et il ne sera plus une menace pour personne dès que cette folie commencera. De toute façon, son témoignage ne convaincrait personne... Elle comprendra un jour pourquoi j'ai agi ainsi.

▲

∆
-33-

KING KONG DOIT DORMIR

Sin-Dy

Sin-Dy, l'ex-top modèle aux traits asiatiques qui s'est recyclée en assassine, se gare en face d'un motel bon marché. Sans attendre, et couverte d'un large chapeau, elle monte à l'étage avec une valise en main qu'elle laisse contre un mur pour cogner à une chambre que lui indique sa vieille amie Tatyana dans son oreillette. Dès qu'elle entend des pas, elle agite une pile de billets de banque devant le judas de la porte tout en mettant ses formes parfaites en valeur, bien visibles sous son ensemble moulant.

— Crazy, j'ai un petit boulot simple et payant pour toi.

La porte s'ouvre sur un colosse de deux mètres au crâne dégarni.

— Et quel est ce boulot, beau bébé ?

— Mourir… répond-elle en sortant vivement deux armes de son dos qui lui lancent une paire de fléchettes dont une au

323

cou.

Dès qu'il s'écroule, elle empoigne sa valise et fait signe à quelqu'un dans sa voiture de monter avant de refermer derrière elle.

— Et c'est aussi payant pour toi parce que dans très peu de temps, tu n'auras plus à rembourser tes cartes de crédit...

La dame s'empare d'un téléphone, d'une arme et de la montre du colosse avant d'ouvrir à un homme au physique frêle transportant lui aussi une petite valise.

— OMG... Deux tranquillisants ? Tu ne l'as pas manqué, Sin !

— As-tu vu la taille de ce monstre ? Je ne voulais pas qu'il bouge encore ! De toute façon, à près de 150 kilos, le directeur du zoo m'a assuré qu'il pouvait survivre à cette dose, même à quatre !

Le jeune homme ricane d'un petit rire éminemment féminin avant de recouvrir la tête de l'endormi d'une curieuse machine sur pattes qui émet de la lumière verte oscillant partout sur le visage immobile. La femme s'approche de la fenêtre donnant sur le parking après avoir lancé des souliers et un veston dans sa valise qu'elle a refermée.

— Ça va te prendre combien de temps à terminer tes relevés, Fifille ?

— Deux fois une à deux minutes… Plus quelques photos.

Dès que les clichés sont pris, incluant le tatouage de son bras, le jeune homme se dirige vers la porte, mais deux chuintements le font se retourner vers le corps qui affiche une paire de nouvelles fléchettes sur son imposant sternum.

— Quatre ? OMG ! C'est dingue, Sin… Ça va le tuer !

— Nous avons besoin que King Kong dorme durant au moins six heures…

— Que tu le tues ou non, il ne se réveillera jamais de toute façon avec tout ce que tu viens de lui envoyer !

La froide assassine, qui affiche un sourire machiavélique en revenant vers sa voiture avec sa valise à la main, clique sur son oreillette.

— C'est fait, Taty. Fifille sera à son labo dans dix minutes. Dac, je lui dirai.

La dame se tourne vers le jeune homme.

— Big Greg sera chez toi dans trois heures, et avec l'argent pour toute l'opération, comme prévu.

— Trois heures seulement ? Ce sera trop juste pour fabriquer ce masque… J'ai besoin de six heures.

— Elle dit deux, à présent !

Le transsexuel soupire lourdement.

— D'accord pour trois…

Δ

-34-

ADN MODIFIÉ

Tatyana

Dès qu'elle ferme la communication avec sa vieille amie Sin-Dy, Tatyana soupire de soulagement en jetant un œil à ses écrans qui renvoient presque tous des images d'analyses ADN.

Enfin terminé…

C'est fou le temps que j'ai perdu là-dessus !

Jamais je n'aurais imaginé que c'était si difficile de changer des petites parties de relevés ADN dans des fichiers de police !

En revanche, ça a été beaucoup plus simple que prévu dans les échantillons.

Elle revient dans la cuisine.

Expresso d'urgence…

Je n'ai pas le droit d'être endormie ce soir parce qu'il me reste encore mille trucs à préparer !

Second lourd soupir qui se termine par un sourire radieux dès qu'une pensée parasite s'immisce.

Ce qu'on ne ferait pas pour couronner une nouvelle Princesse...

▲

△
-35-

COSA NOSTRA

Leonessa

Dès que nos mains entrent en contact en Espagne, Vittoria et moi apparaissons au milieu d'une rue très étroite, en forte pente et bordée de bâtiment arborant des façades de pierre rougeâtre avec l'océan en toile de fond.

Nous sommes en bordure d'un furieux combat à l'épée entre une douzaine de personnes, la plupart en uniforme de soldat. Plusieurs spectateurs terrifiés sont à l'affût aux fenêtres au-dessus de la mêlée. Vittoria semble bien seule au centre du groupe en tournant sans cesse sur elle-même pour affronter en solitaire une véritable meute avec quelques corps à ses pieds, tandis qu'à une extrémité, son entraîneur Diego fait face à deux hommes dont l'un plus décoré que les autres... et aussi plus adroit avec son arme, puisqu'il a presque le dessus sur celui qui est sur le point d'être débordé de deux côtés à la fois.

Soudainement, Vittoria lâche un puissant cri semblant venir des entrailles de la Terre et presque tous les hommes autour d'elle s'envolent en même temps comme si une bombe venait d'exploser au milieu d'eux, certains frappant violemment les murs avant de s'écraser en hurlant de douleur alors qu'elle allonge vivement le bras vers le combat de Diego.

Une longue dague traverse le cou de l'officier qui s'apprêtait à donner la mort à son père adoptif acculé à un mur et il s'effondre à son tour. L'entraîneur en profite pour terrasser son second adversaire qui est désemparé devant le soudain décès de son supérieur au moment où quelques personnes armées sortent des logements pour éliminer définitivement les soldats au sol tout en félicitant bruyamment la jeune femme épuisée qu'ils appellent tous « Vittoria », mais elle ne leur accorde peu d'importance en se dirigeant vers l'officier où d'emblée, elle reprend du cou du cadavre son poignard ensanglanté qu'elle essuie sur la tunique du militaire avant de l'enfouir à sa ceinture.

Avec une rage bien visible dans ses traits, elle s'empare d'un petit sac en cuir pour en sortir un morceau de bois brûlé sur lequel elle passe sa main qu'elle étampe sur la joue de l'officier sous les cris vengeurs de la foule grandissante qui hurle « Cosa Nostra » à pleins poumons.

À nouveau, la Vittoria fantôme se penche vers moi, mais je la devance, cette fois.

— Pourquoi cette main sur son visage ?

— À ce moment, c'était l'emblème d'une vengeance précise contre certains salauds qui ont brûlé un village qui ne voulait pas reconnaître les Espagnols comme étant leurs maîtres et leur donner toutes leurs récoltes, ayant déjà peine à manger... Les soldats y ont tué tous les habitants, enfants inclus ! Ça ne faisait que quelques jours qu'ils avaient perpétré ce massacre gratuit lors de mon retour. J'ai fait une petite enquête et ciblé tous les participants que nous avons éliminés un à un. Celui-ci était le chef de cette expédition de la mort et il a été envoyé en enfer le premier ! Plusieurs autres m'ont rapidement suivie dans ce mouvement rebelle parce que tous les habitants de l'île étaient à ce moment avec nous, étant furieux envers les impôts gonflés démesurément et désirant à présent conserver ce qui était à eux... Cosa Nostra... Qui veut dire « Ce qui est à nous ».

— Je m'étais toujours demandé ce que ça voulait dire...

Vittoria baisse la tête et soupire.

— Malheureusement, après quelques semaines de ces opérations de guérilla, les Espagnols ne désiraient plus sortir de leur fort jouxtant le port de Palerme et il a fallu bien peu de temps avant que le chaos et l'anarchie sous toutes ses formes s'emparent de l'île en entier, créant une société de brigands sanguinaires. Certains sages, au fait de mes origines royales, m'ont alors demandé de former un gouvernement de l'ombre pour veiller à ramener l'ordre sur tout le territoire. C'est de là que m'est venu le surnom officiel de Principessa, car ils savaient que j'en étais une véritable... Mais ils ne l'ont dit à personne hors du

Cercle Noir, parce que certaines racines de la Mafia, groupuscule anti-Français datant de quelques siècles, mais maintenant tourné contre les envahisseurs espagnols, étaient encore actives.

Elle hésite visiblement à me raconter la suite.

Ou elle ignore comment me le dire... sans me choquer ?

— Après de très longues négociations entre toutes les parties, ça m'a pris plus d'un an avant que je réussisse enfin à rassembler les divers clans dans le même endroit, nous avons mis sur pied la « Società onorata », l'Honorable société, que nous avons régie avec des règles d'honneur très strictes. Entre membres, le mensonge était désormais interdit, la dénonciation aux autorités à l'extérieur de notre Cercle, très lourdement punie. La solidarité entre nous passait avant tout ! Désirant conserver l'anonymat en tout temps, les promesses orales, la parole donnée, étaient même devenues la nouvelle norme et elle devait être respectée à tout prix. L'« Omertà », celui qui se tait sur ce qu'il sait, était le mot d'ordre… Surtout parce que la sanction en cas de non-respect du code d'honneur, la Sangu, était finale et appliquée par la famille de la personne trahie ! Peu après, ayant un sérieux problème de trop nombreux enfantements simultanés, nous avons aussi dû mettre un frein à l'adultère et la prostitution.

Elle éclate de rire, m'entraînant par le fait même.

— Ce point-là a sûrement été plus difficile que les autres à faire accepter par tes sujets !

— Tu n'en as pas idée, et ce, autant par les hommes que les femmes ! Mais après cette première année tumultueuse, où ont eu lieu plusieurs… nettoyages, que j'indiquais avec une « Mano Nera » sur les portes de leurs maisons, la paix est enfin revenue sur l'île durant de nombreuses années et les Espagnols, n'ayant plus de profit à faire chez nous parce qu'ils ne pouvaient plus sortir de leur fort sans se faire attaquer à cause de l'ampleur qu'avait prise le mouvement de la Cosa Nostra, sont simplement partis sans même nous saluer au passage. Ce fut un grand jour !

Elle lève les yeux au ciel. Sa main s'empare prestement de la mienne et nous voici de retour sur les galets près de sa grosse roche.

— Nous sommes sur le point de nous quitter. Qu'as-tu retenu de cette dernière vision du passé ?

— Je ne sais plus… Que tu peux faire voler des mecs quand tu es fâchée ?

— Oui, mais il y a plus. Penses-y à tête reposée… À bientôt !

Aussitôt, je sens qu'on me pousse énergiquement l'épaule. La scène devant moi devient floue et est vite remplacée par un visage de belle Russe souriante qui me gratifie d'un clin d'œil coquin.

— Réveille-toi, Maria. C'est bientôt l'heure de mourir.

Meg ! J'ai déjà entendu des « Bon matin ! » plus joyeux…

▲

Avec les yeux grands ouverts, Alfred s'écrase sur le dos à côté de sa roulette et tressaille une dernière fois avant de ne plus bouger avec sa petite langue sortie, pendant sur le côté.

▲

△
-36-

DES PLANS

22 JUIN 2017

Maria

Même si je suis encore à moitié endormie, je me lève et m'apprête à enfiler mon bel ensemble de la veille lorsque Taty m'arrête en m'indiquant une pile de vieilles fringues au bout du matelas.

— Tu dois remettre les vêtements que tu portais hier… à l'exception de cette vieille camisole dont nous avons besoin pour bien montrer les traces de sang partout sur ton corps.

Un matin de plus en plus joyeux…

Dans la cuisine, je saute sur la tasse de café qui m'attend devant le tabouret où j'étais assise hier tandis que deux autres tasses fumantes reposent plus loin.

Probablement pour les fantômes…

Un regard au sol m'indique que j'ai passé bien près de renverser le bol d'eau de

337

Roadkill sans même le voir. Mon œil accroche une horloge alors que le toutou recommence à faire des dégâts liquides.

— 4 :35 ? Meg ! C'est presque l'heure que je me couche, habituellement !

Taty ricane à mon côté.

— Tout est déjà prêt pour toi au centre de réunion Elenstein et Greg est parti depuis une trentaine de minutes pour commencer cette grosse journée !

Je soupire lourdement.

— Laisse-moi me réveiller un peu, par pitié…

— Pas le temps ! Apporte ton café dans mon bureau.

Et sans plus, elle me laisse en plan pour disparaître derrière la porte de l'espèce de cockpit de son vaisseau spatial qu'elle ose surnommer son "bureau".

▲

Alfred, les yeux à moitié clos, soupire de ce traitement inhumain avant de lentement tourner dans sa roulette avec une petite tasse fumante à la main.

▲

J'ai rarement été aussi dépassée !

Pas le choix de la suivre, on dirait...

Dès que j'arrive près de sa méga chaise, elle m'indique les écrans qui montrent presque tous des plans d'immeuble rehaussés de lignes vertes et de X rouges. Un œil vers les fantômes me côtoyant me prouve à quel point ils sont aussi impressionnés que je le suis par son sens de l'organisation.

— C'est le système de ventilation du lieu de la réunion. Il y a quatre niveaux plus un parking au sous-sol de ce bâtiment. Le rez-de-chaussée ne renferme que des restos et une grande salle de réception. C'est le dernier étage qui est réservé au Dark Circle parce que les autres sont tous occupés par des firmes d'avocats. Un seul homme par clan est autorisé à y monter... mais eux, sont armés !

Elle m'explique chaque étape que je devrai effectuer et je réalise rapidement qu'il me manque une dizaine de cafés pour assimiler toutes ces infos.

— Tu vas trop vite, Taty... Je ne suis

même pas encore réveillée !

— T'inquiète. Je te guiderai pas à pas avec des caméras sur toi, mais voici où et comment tu devras positionner les diffuseurs de poison, derrière des retours de tuyauterie, car les conduits sont inspectés par une minicaméra une quinzaine de minutes avant chaque réunion.

Oh ! Point important à savoir !

— Tu devras donc te cacher à cet endroit jusqu'à l'inspection. Je te dirai quand ce sera le bon moment pour commencer ton spectacle.

Spectacle...

Pas certaine que ce soit le bon mot dans la circonstance !

Ses mains s'agitent sur son clavier virtuel et les écrans changent tous pour devenir des clichés d'un garage souterrain où elle recommence à débiter ses mille explications, directions précises en fonction des caméras dont certaines devront être piratées durant notre entrée.

— Mais pourquoi ne pas aussi arrêter les caméras à la sortie, Taty ?

— Parce que nous allons en avoir besoin pour ta résurrection...

Et c'est à ce moment qu'elle me décrit en détail le « spectacle » qu'elle a prévu.

▲

Alfred tente de reculer dans sa roulette, mais elle ne fait que tourner dans l'autre sens.

▲

J'en tremble.

C'est trop risqué...

Tout peut aller de travers...

La moindre petite embrouille et ça dérape partout en même temps !

— C'est génial ! éclate ma grand-mère à mon côté. Tous n'y verront que du feu !

Ma mère-fantôme est du même avis que le mien.

— Ils passent devant trop de gens... Impossible que ça fonctionne !

— Pas s'ils ont commencé à se faire gazer avant qu'elle arrive en haut ! la rabroue ma grand-mère qui semble convaincue de sa voie à suivre. Ils vont tous être à moitié groggy, à ce moment !

Oh... C'est vrai que ce point peut complètement changer la donne !

Et j'en parle à Taty qui approuve bruyamment en applaudissant et prenant des notes sur son portable.

▲

△
-37-

COMMENT MOURIR

Maria

Nous discutons de quelques autres trucs, surtout d'alpinisme, sport qu'elle semble bien connaître, et elle m'en enseigne les rudiments avant qu'elle ne laisse que deux écrans ouverts qui renvoient presque la même image.

Je frissonne devant mon père biologique qui a un canon pointé sur son front.

— Pourquoi tu me montres ça ? Je l'ai déjà vu une fois... et je ne tiens vraiment, mais vraiment pas à le revoir !

— Parce que tu as un truc important à connaître et à préparer. Regarde ce premier cas... Qui n'a pas berné le FBI !

Sur un autre écran, je visionne l'atroce scène, prise d'une distance d'environ quatre mètres, d'un homme qui se fait tirer au super ralenti en pleine tête. Un curseur indique ses épaules.

— Recommençons et ne fixe que ses épaules en rapport avec sa tête.

Dès que l'enregistrement défile, je me concentre sur l'endroit indiqué, mais ne vois pas le problème.

Il meurt quand même !

— Maintenant, regarde Max... Il a une dernière chose à t'enseigner !

Je n'ai tellement pas envie de revoir ça...

▲

Mon hamster cesse de tourner pour boucher ses yeux avec ses petites pattes.

▲

Dégoûtée à l'avance, je déglutis devant la scène morbide où un trou se forme dans sa tête qui décolle vers l'arrière... avant que les épaules suivent pour cogner le meuble derrière, mais après que la tête y ait déjà rebondi. L'image s'arrête à ce moment.

— Revenons à la première et tu verras tout de suite pourquoi les flics ont vite su que c'était une duperie.

L'évidence s'affiche à présent en gros plan.

344

— Meg ! Ses épaules ont reculé avant sa tête !

Elle se lève avec une tablette en main.

— Et c'est sur ce point précis que tu vas t'exercer. Viens sur le matelas de Greg. Il t'a préparé quelque chose. Fais bouger ton cou de tous les côtés pour réchauffer tes muscles avant de t'y asseoir.

Après mes petits étirements, lugubres craquements devrais-je plutôt dire, je prends place sur la palette de bois recouverte d'un mince matelas… Mais un toutou me rend la vie difficile pour un moment.

— Dégage ! Je ne veux pas jouer avec toi ! Couché, Roadkill !

Taty explose de rire avant d'aligner sa tablette sur ma tête alors que, bien obéissant pour une fois, le chien se couche dans un coin.

— Commence très lentement tes mouvements… Juste la tête que tu recules avec une main cramponnée à un morceau de bois, l'autre devant toi.

Même à cette vitesse hyper lente, je

bascule tout de même vers l'arrière...

Et nous recommençons à plusieurs reprises, de plus en plus fort, plus rapidement, jusqu'à ce que sous les applaudissements des fantômes, elle me dise enfin d'arrêter, que ma reproduction d'une balle en plein front était à présent parfaite.

Il était temps...

Ma tête était carrément sur le point de s'arracher par elle-même de mes épaules !

Ce cours de « Comment mourir » m'a presque vraiment tuée, finalement...

— Tu devras te souvenir de tout ce que tu viens de t'exercer à faire à la perfection lorsqu'arrivera le moment fatal.

Fatal est le bon mot, cette fois...

Je vais me faire exécuter !

Faussement, mais c'est un détail en petits caractères en bas de la page.

J'enfile mon café en faisant bouger ma tête, car mon cou est un peu douloureux.

— Oui, café moi aussi, lâche Taty qui

va s'affairer à la cafetière sur son comptoir.

Elle prend place à mon côté avec un visage grave dès que nos tasses sont prêtes.

— As-tu vraiment besoin de ton Paul ? Il est l'élément le plus risqué de notre plan d'action, et ce, du début à la fin !

Paul est... risqué ?

▲

Alfred cesse brusquement de tourner avec ses yeux qui vaquent dans toutes les directions.

▲

— Oui ! hurle ma grand-mère, dans mon dos, ce qui me fait joliment sursauter. C'est un élément capital

— C'est lui qui va convaincre tout le monde que je ne suis pas la Maria qu'il a connue, mais la Leonessa que je vais devenir.

Taty semble sceptique.

— Mais pourquoi as-tu besoin de lui sur l'opération même ?

Grand-mère se tourne vers la Russe.

— Parce que c'est lui qui va être la

347

preuve que la Maria était là… et qu'elle s'y est fait descendre, voyons !

Je ne peux réprimer un ricanement, que ma mère-fantôme accompagne.

— Elle ne t'entend pas, Grand-mère…

Et je transmets le message.

— C'est donc surtout avec la police qu'il sera utile… Peut-être même essentiel, car il t'a suivi depuis le début.

Sans autre mot, elle se rend au réfrigérateur où elle ouvre un sac à dos reposant sur une tablette. L'instant suivant, je suis abasourdie de la voir vider une seringue d'un liquide jaunâtre dans une bouteille de cola qu'elle referme aussitôt.

— Que fais-tu là ?

— Je laisse ton Paul vivre, dit-elle en remettant la bouteille dans le sac qu'elle dépose sur le comptoir avec un autre de couleur différente. Mais tu devras injecter l'antidote à Greg toi-même sur place… Bon courage, parce qu'il a une phobie vraiment atroce des aiguilles !

▲

Alfred culbute en bas de sa roulette.

▲

— Ai-je bien compris ? Tu voulais tuer Paul avec le poison ?

— Je le percevais comme une grave menace pour notre sécurité... et il l'est encore, mais j'aviserai s'il l'est toujours après le décès de Maria. Ce sont des décisions que j'ai souvent à prendre... Et je n'ai aucune crainte à le faire.

— Je l'adore ! s'émeut ma grand-mère.

Moi, je la trouve plutôt foutrement dangereuse pour mes amis !

— Dis-moi, comment comptes-tu le contacter ? Rappelle-toi que nous n'avons que peu de temps devant nous !

— Grr... Je n'ai aucune idée comment le rejoindre... Minute, je me souviens où demeure sa sœur et je sais qu'ils se parlent souvent ! Ce n'est qu'à quelques rues d'ici, en plus.

Son hamster semble tourner à toute vitesse avant qu'elle soupire.

349

— Je vais t'y mener moi-même. En route, je te dicterai ce que tu dois lui dire… ou non.

Même si je suis un peu inquiète de sa dernière phrase sibylline, nous rassemblons ce dont nous avons besoin pour l'opération. Sous les conseils de ma mère-fantôme, je recharge mes armes que j'insère dans mon dos.

Taty m'arrête avant de sortir pour me remettre une oreillette interne métallique ressemblant à un bout de balle de révolver et un curieux petit ceinturon tout écorché.

— Mets la ceinture tout de suite. Il y a une caméra cachée dans la boucle et je vais pouvoir te guider avec ça, pointe-t-elle l'oreillette que je m'apprête à enfouir à sa place, mais elle m'en empêche. Tu l'enfileras seulement lorsque tu seras dans l'immeuble, et pas avant que je te le dise. N'oublie pas que tu joueras sur deux tableaux durant toute la matinée : un envers ton Paul, l'autre qui sera la véritable opération.

Je sens que je vais être toute mêlée entre ces deux tableaux-là en bien peu de temps…

— Détail important… Enlève tout de suite ton bracelet, s'il te plaît.

Oups… Moins évident, cette fois.

Quelle était la phrase magique, déjà ?

« Dieux de la Rome antique, donnez-moi l'autorisation de retirer ce bracelet enchanté de ce bras marqué du sang de votre sceau ! » me répond Vittoria, par la pensée, mais ça semble suffisant pour le bracelet qui s'ouvre par lui-même. « Oh… Ça, c'est une première ! »

▲

TRILOGIE DARK CIRCLE

△
-38-

JE NE TE CROIS PAS

Maria

Je n'ai pas le temps de me poser plus de questions sur les raisons pour lesquelles Vittoria m'a dit ça, car Taty me lance mon manteau en lambeaux et nous entrons en silence dans l'ascenseur, mais il s'arrête après un seul étage.

— J'ai un truc à prendre ici, m'avertit la belle Russe en marchant rapidement sur une passerelle de plastique transparent cintrant une gigantesque tour de serveurs située au centre de cette immense pièce à haut plafond, tout en béton nu, où de petits paliers mènent à une multitude de bureaux vitrés qui sont surélevés de trois marches par rapport au milieu de forme octogonale d'une demi-douzaine de mètres.

▲

Alfred, avec de grands yeux abasourdis, cesse brusquement de tourner en regardant partout.

▲

Taty ricane, sûrement de ma tête qui ne peut quitter le gigantesque serveur central qui clignote partout.

— Tu aimes ? Max voulait que cette pièce devienne le centre nerveux du Dark Circle… Mais nous n'avons pas eu le temps de la terminer. Finalement, tout ce qu'il y a ici est mon serveur principal… et ma petite réserve de trucs d'espionnage.

Elle s'empare d'une boîte de carton traînant sur un comptoir dans un des bureaux pour revenir à pas rapides dans l'ascenseur qui file droit vers le sous-sol, cette fois. Sans attendre, elle me remet une paire de téléphones qui ont tous deux une oreillette attachée dessus avec une bande élastique.

— Mets-les dans les sacs. Le tien est celui qui a un papier rose collé derrière.

Je jette un œil sur le papier.

— C'est le numéro de téléphone de qui ?

— Le mien… En cas de très grande urgence pour cette opération seulement.

Cache-le dans tes poches, s'il te plaît. Paul ne doit pas le voir.

Dès que les portes s'ouvrent, nous sautons dans une camionnette noire qui ressemble énormément à celles du FBI et nous filons vers l'extrémité de Manhattan avec les fantômes et un chien qui court entre chaque fenêtre derrière, au grand dam de mes ancêtres qui ne savent plus quoi faire pour l'en empêcher. Je reçois les instructions sur ce que je dois et ne dois pas dire tandis que je cherche des points de repère pour la rue où demeure Serena. Nous stoppons rapidement devant son immeuble à logements.

— Je vais t'attendre ici et j'irai vous mener moi-même au centre de réunion… Mais si ton Paul ne se présente pas dans quinze minutes, nous partons sans lui, sinon nous serons coincés par les gardes de jour qui sont fort nombreux.

Oups… Je n'étais pas au courant de ce petit détail !

— De plus, tu ne dois absolument jamais mentionner mon vrai nom. Appelle-moi… X, tout simplement. D'accord ?

— Pas de problèmes… X !

Sans perdre une seconde, je me lance dans l'immeuble à logements avec une troupe de fantômes aux fesses. Sur l'étage, la porte correspondante est aisée à trouver, décorée d'un Taz s'amusant sur un clavier. Je cogne fort.

Il n'est que 5 :00…

Elle doit dormir.

À ma grande surprise, des pas résonnent la seconde suivante.

— Mais que fais-tu ici ? Je n'ai rien dit à qui que ce soit !

C'est vrai qu'elle sait beaucoup de choses sur moi…

— Laisse-moi entrer d'urgence si vous voulez récupérer les millions que je vous ai promis hier !

— Oublie ça… Je ne te crois plus !

C'est pas faux que j'avais juré que je leur remettrais l'argent, hier…

Et que je n'ai pas tenu ma promesse à ce moment !

▲

Alfred fait semblant de taper sur un clavier et mes yeux montent vers l'insigne collé sur la porte.

▲

Je sais ce qui va l'allumer !

— En plus, je vais te donner accès à un méga serveur opérant sur un réseau secret pour que tu ressuscites le NuT4U que tu as créé... Et qui est bien loin d'être mort comme tu le croyais !

— C'est quoi ce délire ? Tu travailles pour le FBI et tu voulais notre peau voilà peu, salope !

— Plus maintenant... Depuis hier, j'en suis tout l'inverse, même ! Et ça, tu es la première à le savoir !

Δ

∆*Tatyana*

L'ancienne call-girl russe grogne.

NuT4U ? Que vient faire ce petit groupe de pirates de second ordre dans cette histoire ?

Elle s'empare d'un ordinateur portable qu'elle sort de la boîte de carton, mais elle ne termine pas son mouvement qui demeure suspendu, comme si le temps s'était arrêté.

La sœur de son Paul est donc une pirate ?

Ça veut dire qu'elle est aussi un danger pour...

Elle sursaute.

Oh ! Danger ou aide inespérée ?

Car si elle est bien guidée, elle peut grandement nous aider avec ce damné Paul !

Elle pourrait même l'éliminer en tant que menace potentielle...

Mais comment diable vais-je pouvoir m'assurer qu'elle suive mes instructions au doigt et à l'oeil si je m'occupe de Leonessa et de Greg ?

Ils vont me demander une attention constante...

À moins que...

Frénétique, elle fouille dans son sac et choisit un appareil entre plusieurs, avant de composer.

— Sin-Dy, j'ai encore besoin de toi d'urgence... Et emmène un chauffeur fiable !

▲

△
-39-

AUCUN MISSILE

Maria

Les verrous de la porte se relâchent.

— Donne-moi tes armes !

Je lui remets les pistolets que j'ai dans mon dos.

— En as-tu d'autres qui sont cachés sur toi ?

— Deux, ce n'est pas assez ?

Elle me fait signe d'entrer tout en me tenant en joue avec mes propres armes.

Pas de danger, elle n'a pas enlevé les sûretés...

— Pas plus loin. Explique-moi et fais ça court !

Il faut absolument que je réussisse à la convaincre d'appeler Paul le plus vite possible !

— En gros, j'ai besoin d'aide pour m'introduire dans une salle pleine de patrons de la mafia pour officialiser l'héritage de mon oncle… oncle qui était en réalité mon père biologique, mais aussi un Parrain secret, ce qui va me donner accès à tous ses millions, mais surtout à son gigantesque centre de serveurs ultra sophistiqué. Bref, il faut que Paul m'accompagne sur place d'urgence parce que toutes les caméras de l'étage de la réunion sont en circuit fermé et que je dois avoir sans faute quelqu'un qui me guide sur ce niveau. De plus, c'est le seul en qui j'ai confiance dans ce monde de dingue et que l'on n'a qu'une quinzaine de minutes pour s'y rendre avant le changement de garde !

Sa tête qui recule me prouve que j'ai touché une corde sensible… même plusieurs.

— Est-ce que ça va être dangereux pour lui ?

▲

Alfred tourne maintenant à vitesse folle dans sa roulette.

▲

Dois-je lui dire la vérité ?
En partie, seulement…

— Non, pas vraiment... Certainement mille fois moins que de se balader en voiture avec moi, si c'est ce que tu veux savoir !

— Pas difficile à battre, selon ce qu'il m'a raconté...

Je ricane et c'est contagieux.

— Et que va-t-il faire là-bas ?

— Entrer dans un garage souterrain avec moi pour se promener dans des tuyaux de ventilation, tirer sur le responsable de la salle des caméras avec une fléchette pour l'endormir, et surveiller les écrans pour que je puisse me rendre à la réunion secrète sans danger. Et dès que je suis officialisée, je le sors de là sans aucun problème par la porte d'en avant parce que je vais faire partie de leur organisation, à ce moment. C'est vraiment hyper simple, car j'ai de l'aide d'un Parrain dans la salle elle-même ! Bref, à l'instant que j'y entre, il n'y a plus de danger pour personne... Personne !

Ma mère-fantôme et ma grand-mère qui soupirent fortement en parfaite harmonie m'indiquent à quel point ce mensonge était énorme, mais je souris à la rouquine même si je sais que je viens de lui mentir honteusement.

— C'est dans ses cordes… Surtout s'il n'a personne à tuer, parce que ça, il en est incapable !

— Je sais… Et l'en remercie !

— Il aurait peut-être dû faire une exception dans ton cas… échappe-t-elle à voix basse avant de relever la tête en me remettant mes armes. Reste ici et ne bouge pas, je vais le réveiller… Et cache ça tout de suite !

▲

Alfred tombe en bas de sa roulette.

▲

Il couche ici ?

Avec elle ?

Sa propre sœur ???

Oh… Je ne l'ai pas vue venir, celle-là !

Serena recule de quelques pas tandis que je retourne mes flingues entre mes fesses. Sans me quitter des yeux, elle secoue quelque chose sur le sofa du salon.

— Lève-toi tout de suite, Polo ! Il y a quelqu'un pour toi, ici.

▲

Alfred affiche un large sourire dans sa roulette.

▲

Ouf... Ce n'est pas dans son lit !

— C'est qui ?

— Ta Maria !

— Quoi ???

J'ignore pourquoi, mais je sens qu'il est bien réveillé, à présent !

Une tête blonde diablement décoiffée apparaît au-dessus du dossier du sofa. Il cligne des yeux à quelques reprises avant de se lever.

— Mais que fous-tu ici ?

— J'ai besoin de toi tout de suite si tu veux être un mec hyper riche dans quelques heures... et nous avons un plan sans faille, cette fois. Je t'ai promis dix millions, hier, et tu vas les recevoir aujourd'hui !

Je suis maintenant certaine que j'ai capté son attention !

365

Il tourne lentement sa tête vers sa sœur près de lui et tout à coup, je constate un truc.

Ils ne se ressemblent vraiment pas...

— Ce qu'elle m'a dit se tient, Polo... Et se promener dans des ventilations pour aller faire de petits boulots de surveillance est définitivement ce que tu fais le mieux !

Paul grogne.

— Et combien de fois va-t-on se faire tirer dessus avec des missiles ?

J'éclate de rire.

— Zéro !

Les fantômes grimacent en harmonie.

Je ne lui ai pas menti parce que je suis certaine qu'il n'y aura aucun missile dans cette bâtisse...

Mais des armes automatiques, peut-être...

Sûrement, même !

Mais des missiles, aucun !

Nada...

Pour une fois, je lui ai donc dit la

vérité !!!

▲

Alfred se roule de rire dans sa roulette.

▲

Δ

FIN DE L'ÉPISODE 2/3
DE LA TRILOGIE DARK CIRCLE

Δ

ÉPISODE SUIVANT
SANGU !

Δ

△

TRILOGIE DARK CIRCLE
ÉPISODE 3/3

SANGU !

Le problème, lorsqu'on fait la gaffe de
S'attaquer de front à la plus grosse
Organisation criminelle des États-Unis,
Est qu'on risque fort d'en mourir…
Et ce, qu'on le veuille ou non !
Alors, vous avez voulu ma peau, les mecs ?
C'est à mon tour de vous chasser, à présent !
SANGU !
Et je vais en profiter pour disparaître…
Mais lorsqu'on se tue pour changer de vie,
La difficulté principale est de se réinventer
Soi-même en fonction de qui nous sommes.
Mais quand d'autres décident qui tu seras,
Quand tes ancêtres dictent tes décisions,
C'est beaucoup moins évident à vivre !
A-t-on fait de moi ce sale monstre ?
Ou l'ai-je toujours été ?
Bienvenue dans mon monde trop violent !
(Où je ne sais vraiment plus qui je suis…
Plutôt ce QUE je suis devenue !!!)

△

www.amazon.fr/dp/B098RYSXJF

▲

△

TRILOGIE DARK CIRCLE

▲

△

ÉPISODES PRÉCÉDENTS

DIAVOLO

www.amazon.fr/dp/B098RS7D8R

21 JUIN 2017

Bonjour, je m'appelle Maria Lopez…

Et je suis carrément plongée dans un épouvantable merdier !

Voyez-vous, ce matin, je me suis fait attaquer dans la rue et on m'a gazé. À mon réveil, j'étais dans un coffre de voiture. Mon oncle m'avait donné de curieuses indications pour m'aider en cas de coup dur et je les ai suivies… Mais je ne m'attendais pas à voir apparaître les fantômes de ma mère et de ma grand-mère à mes côtés !

Imaginez, je n'y croyais même pas…

Ma grand-mère m'a ensuite fait graver un truc dans la peau de mon poignet qui était censé m'aider à m'emparer d'un révolver sur la banquette arrière pour faire feu sur le conducteur, ce qui n'était pas vraiment une bonne idée parce que nous avons sorti de la route pour frapper un arbre. Par malheur, ils étaient deux dans la voiture et le frangin du décédé a voulu me tuer, mais je me suis débattue et il a reçu une branche part en part de la poitrine.

Vraiment dégueulasse…

Et je suis malade chaque fois que je vois du sang, en plus !

Après m'être débarrassée des corps, en vomissant de nouveau, j'ai rencontré un beau blond nommé Paul… Qui m'a assommée à son tour pour me foutre dans son coffre !

Mais il m'en a sorti quand je lui ai promis dix millions pour me ramener en ville et nous sommes revenus vers New York.

C'est là que j'ai su que mon oncle s'était fait assassiner par son garde du corps et que ma tête était mise à prix sur le Dark Web :

« Élimination de Maria Lopez, fille de la congressiste Esmeralda Lopez, avec preuves visuelles et yeux bleus uniques à l'appui : 10 000 000 $ — Le Furet »

En peu de temps, nous avons eu des assassins à notre poursuite, mais j'ai réglé le cas avec une arme récupérée des premiers truands que j'ai tués, ce qui a expédié leur voiture contre un camion où ils ont explosé. Ma grand-mère m'a demandé de mentir à Paul pour la véritable raison qu'ils ont quitté la route.

Un moment plus tard, Paul m'incite à me déguiser avec une perruque vraiment atroce avant d'aller dans un petit resto où on tente encore de me tuer, mais je m'en tire avec un couvercle de toilette qui casse pour égorger mon agresseur qui a fait feu sur sa complice, ce qui m'oblige de nouveau à mentir à Paul.

Nous fuyons encore, mais décidons de nous arrêter un moment dans un hôtel miteux, le temps que les choses se calment. J'en profite pour examiner mon dos qui me fait mal et j'y découvre... un gigantesque dessin de félin qui semble brûlé au fer rouge !

Je n'ai pas le temps de penser plus parce qu'on m'attaque de nouveau, mais à la suite d'une manœuvre un peu suicidaire, l'immense assassin tombe du troisième étage dans le toit vitré d'une voiture.

À nouveau, nous détalons, avec un autre mensonge à mon actif, en jetant les téléphones des premiers que j'ai éliminés, mais deux camionnettes de tueurs trop bien armés sont à nos trousses et font exploser avec une roquette une remorque juste devant nous... que nous ne pouvons éviter !

Δ

Pendant ce temps, l'agent spécial Leflore, du FBI, flanqué de son collègue Thompson, cherche le meurtrier du Parrain de la mafia Massimilio Barzetti, mais son enquête le conduit plutôt à l'extérieur de la ville où ils trouvent des traces de la fille de la Congressiste qui s'est fait kidnapper. Au vu des indices, ils croient à une rixe entre clans rivaux dès qu'ils reçoivent l'information que deux hommes liés à ce gang sont aussi décédés tout près dans un accident de la route.

Ils sont appelés sur une nouvelle scène, dans un restaurant, où le cou tranché d'un célèbre assassin leur donne une autre piste, beaucoup plus dangereuse, qui les fait frissonner.

— Je m'en doutais bien... Nous avons affaire à Rambo !

Δ

Au bar « Bad buddies », Theresa Rossini cherche ses frères en traquant leurs téléphones, envoyant sans cesse des tueurs aux trousses de ceux qu'elle croit qu'ils leur ont volé la fille à dix millions, mais tout ne tourne pas aussi rond qu'elle le voudrait.

Δ

Tout ceci pendant que Gregorio Linati, celui qui a été obligé de tuer froidement son meilleur ami et patron Max, tente par tous les moyens avec sa copine

375

Taty de retrouver celle qu'il a juré de
protéger.

Δ

Par bonheur, surtout à la suite d'une
manœuvre suicidaire de Paul, nous évitons
la remorque enflammée à la dernière
seconde, mais ceux qui sont à nos trousses
aussi. Les fantômes m'accompagnant
m'aident à éliminer le problème des
roquettes et les deux camionnettes
explosent en même temps. Découragée
d'avoir tué d'autres gens, je dois mentir à
Paul de nouveau avant d'emprunter de
petites routes vers la ville pendant
qu'épuisée, je dors un peu.

Dès que nous arrivons dans le
luxueux logement de mon faux oncle-vrai
père pour récupérer le magot de Paul, et où
un gros chien-fantôme me colle à présent
aux fesses, nous sommes attaqués cette fois
par de similis agents du FBI que ma grand-
mère aide à me débarrasser.

Encore des morts…

Encore un mensonge à Paul…

Mes ancêtres m'ont demandé

d'apporter un recueil ancien, mais étant donné qu'il n'y a rien d'écrit, je le laisse tomber par la fenêtre, au grand dam des fantômes m'accompagnant, hormis du chien qui s'en moque.

Après une entourloupe dans le métro pour changer de look afin de faire perdre nos traces, Paul m'emmène dans un antre de pirates informatiques, que j'ai anéanti lors de mon stage d'été au FBI, pour me présenter sa sœur Serena, mais l'une des pirates nous trahit et je dois à nouveau me défendre en y créant un véritable massacre, cette fois. Nous fuyons en moto avec les tueurs à notre poursuite en nous faufilant partout à l'intérieur de la bâtisse avant qu'ils nous filent le train dans les rues de la ville dès notre sortie, m'obligeant encore à éliminer quelques hommes.

Notre prochain arrêt a lieu dans un autre repaire de pirates, plus grand, mais presque aussitôt, une nouvelle foutue attaque à l'arme automatique m'oblige à faire feu sur des réservoirs de propane qui m'explosent au visage et me voici coincée sous des débris, où je suis sur le point de me faire calciner !

Δ

Pendant ce temps, l'agent spécial Leflore et son acolyte se rendent à l'hôtel où un homme du même clan que les décédés précédents s'est enfoncé dans une voiture. Ils sont maintenant persuadés qu'il s'agit d'une purge mafieuse avant d'aller sur les lieux de l'accident des camionnettes où ils trouvent des relents de roquettes. Ces derniers indices leur confirment qu'ils ont à présent affaire à des militaires bien entraînés.

Ils se précipitent au logement de Barzetti en bordure de Central Park où ils découvrent des douilles et des évidences de visées de grade militaire. Leflore analyse rapidement la scène et en conclut qu'ils se battent contre un groupe secret d'assassins de la CIA nommé Team Omega.

Δ

Au bar « Bad buddies », Theresa Rossini apprend la mort de deux de ses frères et lance une opération tous azimuts afin de retrouver la fille à dix millions qu'elle se doute être mêlée de près à ceci. Un informateur les dirige vers une vieille usine, mais dès qu'elle sait qu'ils y ont pris la fuite à moto, elle ordonne à son autre frère de les poursuivre avec sa propre voiture de collection.

Δ

Dans la rue en face du logement de Max, Greg s'empare du livre antique sacré de la Cosa Nostra qu'il tient à deux mains devant ses yeux avant de l'apposer sur son cœur.

— Quelle gaffe tu allais faire, petite Diavolo…

Et avec sa copine Taty, il continue la traque de celle qu'il a promis de protéger… mais qu'il ne peut rejoindre à cause de l'entourloupe du métro, ce qui le mène à une vieille usine où il est désemparé devant le massacre qui lui en rappelle un autre, effectué par la mère de Leonessa. Il respire un peu mieux quand il sauve la vie de la jeune femme qu'un tireur avait dans mire. Il tente de la retrouver de nouveau, mais en vain cette fois…

Δ

PERSONNAGES

MARIA LOPEZ (Leonessa Barzetti)
=> Très belle Mensa de 19 ans, athlétique, génie informatique, taille assez courte, longs cheveux bruns, yeux bleus hypnotiques. Blagueuse, rieuse. Aime tout le monde. N'a pas d'ennemis, de gens qui la détestent. A toujours cru qu'elle était une adoptée du Mexique. Hyper réservée côté émotif. Plusieurs bonnes amies à l'université où elle fait exprès de passer pour une fausse lesbienne avec sa meilleure amie. Car même si elle les attire comme un aimant, s'intéresse peu aux jeunes garçons qu'elle perçoit habituellement comme des emmerdeurs ou comme des distractions très occasionnelles. Depuis son arrivée à l'Université, elle voit rarement sa mère adoptive, représentante à Washington depuis deux ans. Ne rencontrait son père, Massimilio Barzetti, qui était censé être un oncle fort distant, qu'à ses anniversaires. Il voulait l'obliger à prendre des cours d'arts martiaux, mais elle avait horreur de la violence, préférant la danse. Peur maladive

du sang. Ses nouveaux instincts assassins la dégoûtent, mais elle réalise vite qu'ils sont essentiels à sa survie et à celle du Cercle. Les marques sur ses poignets la répugnent avant qu'elle conçoive qu'ils font partie d'elle car ils apportent les enseignements antérieurs. Ses discussions avec ses ancêtres l'embarrasseront souvent, car il semblera qu'elle se parle seule. Son attirance pour Paul l'intrigue au plus haut point. Maria craint les premiers sombres conseils de sa grand-mère avant de comprendre qu'elle n'a souvent pas le choix de les suivre dans ce monde-là. Vittoria lui inspire confiance et elle entend bien s'en servir souvent.

Δ

ALFRED (Hamster)
=> Hamster mental que Maria s'imagine avoir en tant que contrôleur de son mental trop énergique par moments et dont les humeurs sont dictées par la vitesse de rotation de sa roulette.

Δ

Δ

ANGELINA (Angie) (Mère)

=> Décédée en 1999 à 26 ans, Spectre qui est presque la copie physique de sa fille. Une joue atrocement déchirée avec cheveux ensanglantés et trou béant dans sa chemise au début. Très sage. Excellente à toutes les formes de tir, ce qu'elle lui a génétiquement transmis. Craint toujours pour la vie de sa fille. En jeans et chandail à haut col, jamais le même. Très diplomate. Évite le plus possible la violence, bien qu'elle y a eu recours à quelques reprises elle-même. Pas eu le temps de vraiment se mêler à ce monde, car fuyait sa mère trop violente qui la mettait en danger.

Δ

URSULA (Grand-Mère)

=> Décédée en 1999 à 47 ans. Spectre de femme fatale toujours vêtue d'une robe rouge moulante... et d'un magnifique chapeau, car il lui manque une partie de son crâne parce qu'elle est décédée d'une balle dans la tête. Parle très fort. Souvent agressive. Privilégie toujours la manière forte comme sa mère. Connaît personnellement tout le monde interlope et politique. Sa mère conseillait Al Capone qu'elle croit être son papa.

Δ

MASSIMILIO BARZETTI (Père)

=> Décédé de la main de Gregorio Linati, à sa demande, pour sauver sa fille Leonessa. Il lui a légué tout son empire immobilier et financier, mais un an avant qu'il ait prévu de le faire afin qu'elle apprenne en douceur qui elle est vraiment. Il a dédié sa vie à la protéger, sachant ce qu'elle est vraiment, en passant pour son oncle éloigné plutôt que pour son père, ce qui lui brisait le cœur à chaque rencontre. Ces dernières années, il a tenté, en vain, de moderniser le Dark Circle, en vue de le préparer à l'ascension de Leonessa, mais les Parrains et chefs de clans plus conservateurs ont tué dans l'œuf ces réformes, malgré les grands succès que sa nouvelle philosophie mafieuse apportait à son propre clan.

Δ

Δ

VITTORIA

=> Figure emblématique de la Cosa Nostra. Première Principessa. Fille bien cachée en Sicile de Catherine de Médicis. A vécu de 1556 à 1617. Reconnaît en Leonessa une descendante exceptionnelle. En fait, son égale en puissance magique, car elles ont le même tatouage au dos. Elle doit donc sagement guider celle-ci afin qu'elle ne s'assombrisse pas comme ses précédentes. Elle et Leonessa lient de forts liens à tous les points. Pour un long moment, Leonessa va aller la rejoindre chaque fois qu'elle va s'endormir.

Δ

Δ

PAUL (Hedwidge – « Polo »)
=> Voleur de bas étage blond aux yeux gris de taille moyenne. Âge 24. Hyper débrouillard et excellent derrière un volant. N'a jamais percé dans le milieu, toujours boulots de vol de second ordre. Grand cœur, déteste la violence excessive, aime Maria à la folie sans savoir pourquoi.

Δ

GREG (Gregorio Linati)
=> Un colossal géant de deux mètres qui porte plusieurs sales cicatrices, 51 ans, conjoint de Tatyana Tymko depuis 6 ans. Meilleur ami de Max, connaît Leonessa depuis sa naissance, mais s'est toujours tenu en retrait pour conserver le secret. S'est donné pour mission d'assurer pour toujours la sécurité de Leonessa qu'il perçoit déjà comme sa fille morte en bas âge.

Δ

Δ

TATY (Tatiana Tymko)

=> Conjointe de Greg, 40 ans. Ancienne call-girl de très grande taille, mais aujourd'hui recherchiste pour le clan Barzetti, même si elle est la soeur de Vladimir Tymko, chef du clan Tymko. Grogne souvent lorsqu'elle travaille sur ordinateur, surtout quand elle pirate des trucs, et parle quelquefois en russe pour elle-même. Hors-boulot, elle blague sans cesse avec son entourage, tout est drôle pour elle. Considère Leonessa comme sa petite soeur qui a besoin d'être guidée.

Δ

SERENA

=> Fausse soeur de Paul. 23 ans. Ont été élevés ensemble dans plusieurs familles d'accueil. Excellente pirate informatique depuis son tout jeune âge, ayant créé NuT4U dès ses 16 ans. A toujours été attirée par le crime sous toutes ses formes. Indéniables qualités de leadership.

Δ

Δ

QuarX

=> Génie informatique. 25 ans. Très petite taille. Verres de contact colorés. Renfermée sur elle-même. Colérique. En froid avec sa riche famille de Silicon Valley depuis ses seize ans. Personne à New York ne connaît son vrai nom. Considère R0B1N et Serena comme son frère et sa soeur. N'a aucune vie sociale, de peur d'être reconnue.

Δ

R0B1N

=> Pirate informatique moyen, mais imagination à revendre. 22 ans. Côté aventurier et rebelle. Toujours sans le sou, mais QuarX l'aide souvent en secret. Beau garçon qui ne veut pas s'attacher. Problème de drogue récurrent.

Δ

Δ

SIN-DY

=> Ancienne top modèle qui paradait avec Taty. Meilleures amies. Hypersexuelle. Est devenue tueuse à gages par malchance, ayant tuée un amant par accident, mais elle a adoré cette sensation et en a fait son nouveau métier qui lui donne les mêmes sensations que les planches.

Δ

FIFILLE

=> Transsexuel qui est le roi-reine des masques latex, mises en scènes et autres transformations diverses depuis sa mise au rancart par l'industrie cinématographique. Taty lui a déjà sauvé la vie. Opère avec la même équipe multidisciplinaire depuis dix ans.

Δ

Δ

VITO « Le Parfumeur »
=> Fils d'un ancien chimiste de Mussolini. Adepte de la Cosa Nostra, il a continué les travaux de son père en secret depuis son arrivée en Amérique où il a tenté d'intégrer le clan des Gaminosi, en vain. Ursula a été l'amour de sa vie. Bien connu et apprécié du milieu. Se sait en fin de vie à cause d'un cancer généralisé et il a quelques comptes à régler avant de bientôt mourir. Aucun descendant.

Δ

Δ

AGENT SPÉCIAL LEFLORE, FBI

=> Noir de 39 ans, charmeur de ces dames, froid avec coéquipiers qui changent souvent, car il est trop dangereux. Considéré comme un des meilleurs enquêteurs du service dès qu'il est question des gangs.

Δ

AGENT THOMPSON, FBI

=> Jeune agent de 24 ans auparavant affecté aux crimes informatiques où il s'est épris de Maria durant son stage. A récemment accepté d'épauler Leflore en échange d'une grosse augmentation de salaire, car personne ne voulait de ce poste depuis plus d'un mois. Il se sait en conflit d'intérêt sur ce cas, mais veut absolument le résoudre afin de sauver sa Maria chérie.

Δ

GORMAN, FBI

=> Physicien de 53 ans responsable de l'équipe scientifique du FBI de New York. Père de 7 enfants, dont quelques-uns ont des liens directs avec le clan Barzetti.

▲

Δ

FAMIGLIAS ET CLANS

FAMIGLIA BARZETTI

=> Descendants d'une des familles les plus dures et respectées des États-Unis à cause de leur observance stricte du code de la Cosa Nostra dès leur arrivée en sol américain au début du siècle dernier. Après avoir fait fortune avec l'alcool durant la prohibition, ils ont changé leurs mœurs pour devenir des businessmen distingués afin de profiter d'occasions d'affaires immobilières durant ces années pour développer ce marché plus que lucratif où ils sont devenus des incontournables avec, aujourd'hui, près d'une centaine de milliers d'employés répartis dans plus de cent entreprises satellites, légales pour la plupart. Le siège de ce gigantesque holding est situé à New York et les meetings de leurs principales têtes d'affiche ont lieu à chaque premier jour du mois. Leurs très nombreuses implications politiques à tous les niveaux en font des intouchables devant la loi.

Δ

Δ
FAMIGLIA ROSSINI

=> Descendants d'une des familles les plus craintes du pays, ayant leur centre d'activités à Chicago depuis toujours. Les nombreux enfants légitimes du Parrain tentent tous de l'impressionner en rivalisant de cruauté, signe distinctif de leur famille représentée par le furet, animal fétiche d'Alfonso Capone, leur prédécesseur et géniteur secret, de qui ils ont usurpé la gouverne de sa gigantesque organisation après son décès. Ils règnent en rois et maîtres dans tout le nord des États-Unis, mais désirent à présent étendre leur influence partout dans ce pays et au Canada, mais les strictes conditions et délimitations territoriales du Dark Circle sont un frein à ce projet et ils veulent à présent y mettre fin de n'importe quelle façon, surtout que les enfants du Parrain se sont tous fait garantir une région donnée en échange de leur aide à renverser le Cercle.

Δ

△
FAMIGLIA GAMINOSI

=> Descendants d'une des familles les plus vieilles du pays, ayant leur centre d'activités à New York depuis toujours. Ils ont été sans descendants actifs de 1930 à 1945 et le clan a perdu de sa puissance au profit de plus petites famiglias, mais Vitantonio, le père du présent Parrain, a créé le Dark Circle dès la fin de la guerre, ce qui lui a redonné certains actifs. Quelques guerres régionales avec de petits clans rebelles ont beaucoup contribué à l'expansion de cette famille aux mœurs et habitudes traditionnelles. Les deux fils de Faustino, dit l'Hyène de Brooklyn, rivalisent de coups fumants afin de succéder à leur père qui en a marre de ces frasques et songe sérieusement à remettre les rênes de sa Famiglia à quelqu'un à l'extérieur de son cercle familial : Gregorio Linati, mais celui-ci ne semble pas intéressé par ce poste. Qu'il soit lié de si près à l'arrivée d'une nouvelle Principessa aux vues avant-gardistes, demeurant à New York en plus, va complètement changer la donne.

▲

Δ

NOTE DE L'AUTEUR

Si vous avez apprécié cette histoire, avez ri ou tremblé de peur avec la belle Maria-Leonessa, Alfred ou Toutou-fantôme, alors n'hésitez pas à la commenter sur le site de l'endroit où vous l'avez achetée. Ce sont ces commentaires positifs qui permettent à d'autres lecteurs de vivre cette belle aventure dans le monde trop noir de Leonessa… Et un gros MERCI pour m'avoir accordé votre confiance afin que je vous divertisse un peu.

www.amazon.fr/dp/B098RS89LD

Δ

VENEZ DISCUTER SANS GÊNE
(J'adore blaguer avec mes lecteurs !)
Facebook : Alex Tremm

Made in the USA
Middletown, DE
14 September 2021